世界多变而恒永，

文学孤独却自由。

世界文学

青年到此为止

[英] 毛姆 等　著
王佐良 等　译

赵丹霞　编选

中信出版集团・北京

图书在版编目（CIP）数据

青年到此为止 /（英）毛姆等著；王佐良等译；赵丹霞编选 .-- 北京：中信出版社，2018.6 (2018.9 重印)
ISBN 978-7-5086-8757-5

I. ① 青… II. ① 毛… ② 王… ③ 赵… Ⅲ . ①散文集－世界－现代 Ⅳ . ① I16

中国版本图书馆 CIP 数据核字（2018）第 049381 号

青年到此为止

著　　者：［英］毛姆 等
译　　者：王佐良 等
编　　选：赵丹霞
出版发行：中信出版集团股份有限公司
（北京市朝阳区惠新东街甲 4 号富盛大厦 2 座　邮编　100029）
承 印 者：中国电影出版社印刷厂

开　　本：787mm×1092mm　1/32　　印　　张：10.25　　字　　数：190 千字
版　　次：2018 年 8 月第 1 版　　印　　次：2018 年 9 月第 2 次印刷
广告经营许可证：京朝工商广字第 8087 号
书　　号：ISBN 978-7-5086-8757-5
定　　价：48.00 元

序

在众多中成为唯一

自一九五三年在北京创刊，《译文》，后改名《世界文学》，在很长一段时间内，是中国唯一一家专门译介外国文学的杂志。唯一，本身就构成一种绝对的优势，因为读者别无选择。早在二十世纪五十年代，透过这扇唯一的窗口，不少中国读者第一次读到了众多优秀的外国作家的作品。可以想象，当《译文》以及后来的《世界文学》将密茨凯维奇、莎士比亚、惠特曼、布莱克、波德莱尔、肖洛霍夫、希门内斯、茨威格、哈谢克、福克纳、泰戈尔、迪伦马特、艾特玛托夫、皮兰德娄等等世界杰出的小说家和诗人的作品用汉语呈现出来时，会在中国读者心中造成怎样的冲击和感动。同样可以想象，二十世纪七十年代末，当人们刚刚经历荒芜和荒诞的十年，猛然在《世界文学》上遭遇卡夫卡、埃利蒂斯、阿波利奈尔、海明威、莫拉维亚、井上靖、毛姆、格林、莫洛亚、博尔赫斯、科塔萨尔、亚马多、霍桑、辛格、冯尼格等文学大师时，会感到多么的惊喜，多么的大开眼界。那既是审美的，更是心灵的，会直接或间接滋润、丰富和影响人的生活，会直接或间接打开写作者的心智。时隔那么多年，北岛、多多、柏桦、郁郁等诗人依然会想起第一次读到陈敬容译的波德莱尔诗歌时的激动；莫言、马原、阎连科、宁肯等小说家依然会想起第一次读到李文俊译的卡夫卡《变形记》时的震撼。审美上的新鲜和先进，心灵上的震撼和滋润，加上唯一的窗口，这让《世界文学》散发出独特的魅力，也让《世界文学》在相当长的时间里被人视作理想的文学刊物。

从二十世纪七十年代起，《外国文艺》《译林》《译海》《中外文学》《外国文学》等外国文学刊物涌现时，《世界文学》不再是外国文学译介唯一的窗口，而是成为众多窗口中的一个。当唯一成为众多时，《世界文学》又该如何体现自己的优势？事实上，我的前辈们已经交出了一份优秀的答案。如果让我稍稍总结一下，我想基本上有这些经验：第一点，编辑的素养和能力；《世界文学》的编辑一般都既要有研究能力，也要有翻译能力和写作能力，也就是研究型和创作型相结合。有了这样的编辑队伍，也就能做到第二点，选题的深入、精准和权威。由于编辑都能掌握和研究第一手资料，同时又背靠着一家研究所，因此，《世界文学》的选题大多是在深入研究和调研的基础上完成的。就这样，我们最先译介了加西亚·马尔克斯、君特·格拉斯、赫尔塔·米勒、门罗、赫拉巴尔、克里玛等一大批具有世界影响力的外国作家。而选题的实现，又需要第三点，也就是一支优异的译作者队伍。总之，有一流的编辑，一流的选题，一流的译作者，刊物自然而然也就是一流的。

理想的文学刊物，应该是有追求的，有温度的，有独特风格和独立气质的；理想的文学刊物，应该同时闪烁着艺术之光、思想之光和心灵之光。理想的文学刊物，应该让读者感受到这样一种气息、精神和情怀：热爱、敬畏和坚持。事实上，坚持极有可能是抵达理想的秘诀，是所有成功的秘诀。理想的文学刊物应该让读者感受到从容、宁静和缓慢的美好，应该能成为某种布罗茨基所说的“替代现实”。理想的文学刊物，应该有挖掘和发现能力，应该不断地给读者奉献一些难忘的甚至刻骨铭心的作品，一些已经成为经典，或即将成为经典的作品。卡尔维诺在谈论经典时，说过一段同样经典的话：“这种作品有一种特殊效力，就是它本身可能会被忘记，却把种子留在我们身上。”理想的文学刊物就该有这样的“特殊效力”。理想的文学刊物还应该有非凡的凝聚力和号召力，能够将一大批理想的作者和理想的读者团结在自己周围。当唯一成为众多时，如果能做到这些，一份刊物就会保持它的权威性、丰富性和独特性，就会起到引领和照亮的作用，就会以持久的魅力吸引读者的目光，就会在众多中再度成为唯一。当唯一成为众多时，我也深深地知道，要真正做到这些，会有多么艰难，需要付出多少心血。

六十余年，近四百期，日积月累，《世界文学》译介过的优秀作家和优秀作品究竟有多少，实在难以计数，肯定是一片茂密的林子。在那片林子里，有一代代作家、译者和编辑的心血和足迹。即便困难重重，只要文学情怀不变，我们就唯有坚持，唯有前行，唯有把每一天、每一年都当作新的开端，一步，一步，不断走向高处，更高处。

《世界文学》杂志主编　高兴

目录

PART 1 青年到此为止

PART 2　一个诗人的诞生

PART 3　不带家具的小说

PART 4　静

PART / 1

青年到此为止

青年到此为止

我三十岁的时候，我哥哥对我说：『现在你不再是孩子，你已经成人，必须好好做一个人了。』四十岁时，我对自己说：『青年到此为止。』五十岁生日时，我说：『自己骗自己没有用，我到中年了，我得同意。』六十岁时，我说：『现在我必须把我的各种事情整理一下，因为我已到老年的门口，必须自己结一笔账。』

［英国］
威廉·毛姆
俞亢咏 译

作者简介

威廉·毛姆（1874—1965）是英国小说家、剧作家、散文家，他曾经说过，他不是个第一流的作家，但二流作家中，他应该名列首位。

本文是 1944 年毛姆七十岁时和 1949 年他七十五岁时所写的两段较长的文字，自称“作为后记”附在《笔记》文末，译文标题是编者所加。

译文原载于《世界文学》1994 年第 4 期。

七十述怀

作为后记。

昨天是我七十岁生日。一个人每进入一个接踵而至的十年时，很自然地——虽然未必合理——把它看作一件大事。

我三十岁的时候，我哥哥对我说："现在你不再是孩子，你已经成人，必须好好做一个人了。"四十岁时，我对自己说："青年到此为止。"五十岁生日时，我说："自己骗自己没有用，我到中年了，我得同意。"六十岁时，我说："现在我必须把我的各种事情整理一下，因为我已到老年的门口，必须自己结一笔账。"我决定退出戏剧界[1]，着重写《总结》[2]，看看我一生从人生和文学中学到了什么，做了些什么，以及从中得到了哪些满足，借以自娱自慰。

但是在所有的生日中，我觉得七十岁生日意义最为重大。人

1 毛姆于1933年写了最后一个剧本《谢裴》，1934年演出。从此毛姆与戏剧界告别，时正六十岁。——译者注（如无特殊说明，本书注释均为译者注）

2 《总结》记述了他写作生涯的经历和体会；最后部分写他的人生哲学，见译者编译的《毛姆随想录》（百花文艺出版社，1992）。

已到古稀之年，这一向被认为是人生派定的年限[1]，多余的岁月只是在时间老人执着镰刀转身向别处刈割时偷活到的属于不定之数的余生。人到七十岁，不再是在老年的门口。他就是个老人了。

在欧洲大陆，当一个有了些名望的人到了这个年龄，他们有一个很可爱的习俗。他的朋友、同事、弟子（如果他有弟子的话）会共同编印一本纪念文集，以表敬意。在英国，我们对于我们的知名人士没有那种表示崇敬的捧场举动。我们至多举行一次宴会，而且那还非得是位确实十分著名的人物。

赫伯特·乔治·威尔斯[2]七十寿辰时，我参加过这样一次宴会。到会者数百人。萧伯纳，高高的个子，器宇轩昂，白须银发，皮肤白皙，双目炯炯，发表了演说。他站得笔挺，两臂交叉着，带着他那挖苦的幽默，说了许多使那天晚上的贵宾（威尔斯）和大伙听了极为尴尬的话。这是一篇非常有趣的发言，他声若洪钟，巧舌如簧。他的爱尔兰土腔既加强又缓和了恶意攻击的语气。

威尔斯把鼻子钻在讲稿里，尖声朗读他的演说词。他对他的老迈深表不服，由于本性而不无牢骚地驳斥在座那些可能认为这祝

1　古稀之年原文为 three score years and ten，语出《圣经·诗篇》第九十首："我们一生的年月是七十岁，若是强壮可到八十岁。"毛姆实际享年九十一岁。

2　赫伯特·乔治·威尔斯（1866—1946），英国作家、政治家，其代表作有《时间机器》等。

寿和盛宴标志着他愿意从此终止他的活动的人。他严词申明，他将一如既往为使全世界自由平等而奋斗。

我自己的生日，没有任何庆祝活动。我早上照常工作，下午到屋后僻静的林子里去散步。我一直不懂这些树木哪来的这种神秘的魅力。它们跟我在别处看到的都不一样。它们的静穆比任何别的静穆更深沉。枝叶繁茂的活的栎树上面挂着灰色的铁兰，仿佛披上了破烂的尸衣，胶树在这时节[1]光秃秃的，而野楝树上一簇簇的浆果都枯黄了；四处一些高大的松树苍翠夺目，俯视着较矮的树木。这个萧条冷落的林子中间具有一种奇异的气氛，你虽然独步其间，却并不觉得孤单，因为你有种怪诞的感觉，总好像有什么在你身边飘荡着，既不是人，又不是非人。似乎有个阴影鬼鬼祟祟地躲在树身背后，悄悄窥视着我。于是紧张的感觉油然而生，仿佛你的四周都有埋伏，正伺机而动。

我回到屋内，替自己沏了杯茶，拿起书一直看到晚餐时候。晚餐后，我又看了一会儿书，玩了两三盘单人纸牌，听听无线电里报告的新闻，然后拿本侦探小说，带着上床。我看完小说，睡着了。整整这一天里，我除了对我那有色人种的女仆说过几句话之外，没对任何人说过一句话。

1　毛姆的生日是 1 月 25 日，正值严寒。

我就这样度过了我的七十生辰，我就是要这样度过我这生日。我思潮起伏。

两三年前，我和莉莎[1]在一起散步，不知她怎么会说想到老年使她满怀恐惧。

“别忘了，”我告诉她，“你到了老年，不会再有这种欲望，想去做现在使你感受到生活乐趣的那些事情。老年有它的补偿。”

“什么补偿？”

“喏，你无须再做任何你不要做的事情。你可以欣赏音乐、艺术、文学——跟你年轻时候的感受不一样，但那种不同的感受同样有味儿。你可以观察许多不再与你密切相关的各种事情的发展，从中得到无限的欢愉。若是你的乐趣不再那么敏感了，那么你的创伤也不再那么剧烈地刺痛了。”

我知道，所有这些似乎都是冷峻的安慰，我在说这些话的时候，就意识到我把前景描绘得多少有点阴暗。事后我再想想，我发现老年最大的补偿是精神自由。我想与之相伴的是你对壮年时代认为重要的许多事物毫不关心了。另一种补偿是使你摆脱了妒忌、憎恶和怨恨。我相信我不妒忌任何人。我尽量发挥了我的天赋，并不妒忌别人的更大的天赋；我获得了相当大的成功，我不妒忌别人的成功。

1 莉莎，毛姆的独生女儿。

我很愿意把我占了那么长久的小小的地位空出来，让另外一个人登上去。我不再在乎人们对我有怎样的想法。他们接受我也好，丢弃我也好，在他们似乎喜欢我的时候，我微微开心，如果他们不喜欢我，我也处之泰然。我早就知道，我有些地方引起某些人反感，那是很自然的，没有人会喜欢所有的人；他们的敌意使我感到有趣，而不是使我烦恼。我只想知道，我到底有什么是他们所不能容忍的。

作为作家，我也不在乎他们对我是怎样的想法。总的说来，我想要做的已经做了，其余都不关我的事。我们中间有许多人头脑简单地把一个成功的作家一时的轰动误以为是就此成名了，我对此一向不放在心上，我常常想我原该用笔名写作，这样我可以不被世人注意地度过我的一生。

我的第一部长篇小说[1]确实是署了笔名的，后来因为出版商忠告我，这本书可能会受到猛烈攻击，我不愿躲避在一个虚构的名字背后，才署了真实姓名。

我想大多数作家都不由得暗自希望不要自己一死就被人彻底遗忘了，我偶尔琢磨着自己有多大可能在一个短时期里不致被人遗忘，借以自娱。

1 毛姆的第一部长篇小说指《兰贝斯的丽莎》（1897），俞亢咏译作《丽莎之死》，收入《译文丛刊》第 12 辑（上海译文出版社，1987）。

一般认为我最好的一部作品是《人性的枷锁》[1]。它的销售情况证明它还在被人广泛阅读着，它是三十年前出版的。这对一部长篇小说来说，寿命是长的了。后世的人不大会对冗长的作品感兴趣；现在这一代人认为它很有价值，这是我自己也意想不到的，不过这一代以后，它将和其他许多比它更好的作品一起统统被人遗忘掉。

我想我有一两部喜剧[2]也许在相当长一段时间里还能维持它们暗淡的生命，因为它们是循着英国喜剧的传统写下来的，因而可能在从王政复辟时期的戏剧家们[3]开始到诺尔·考德[4]的剧本里还继续逗人喜爱的一脉相承的风俗喜剧传统中占到一个位置。它们也许让我在英国戏剧史上得到一两行的记载。

我想我的几篇最好的短篇小说将在较长时期内被收入各种选集里，也许就因为其中有几篇所描绘的地方和环境将随着时光的

---

1 《人性的枷锁》有两个汉译本，一是张柏然、张增建、倪俊译作《人生的枷锁》（江苏人民出版社，1983），一是徐进、雨嘉、徐迅译作《人性的枷锁》（湖南人民出版社，1983）。这本小说有四五十万字，故下文称它“冗长的作品”。

2 指《循环》《贵族夫人》《忠贞夫人》（也译作《装聋作哑》），见俞亢咏等编译的《贵族夫人的梦——毛姆戏剧选》（湖南人民出版社，1987）。《忠贞夫人》曾于1990年在北京公演。

3 王政复辟时期的戏剧家们，指英国王政复辟时期（1660—1688）涌现的一批揭露腐朽无耻的贵族生活的风俗喜剧作家，如埃思里奇、威彻利、康格里夫等。

4 诺尔·考德（1899—1973），英国剧作家、演员、作曲家。

流逝和文明的发达而添上一层浪漫光彩的缘故。

两三部剧本和十来篇短篇小说——带着它们走向未来，这副行李很简单，但总聊胜于无。如果我想错了，而在死后一个月就被人忘掉了，那我将一无所知。

十年前，我向舞台最后鞠躬告别（这是比喻的说法，因为实际上我在最初的几个剧本之后，一直拒绝做此有失尊严之举）；当时报界人士和我的朋友们都认为我并不真有退隐之意，过一两年会重归舞台的；然而我始终没有，也丝毫没有这心意。

前几年，我决定再写四部长篇小说，然后小说创作也不干了。其中一本我已经写了[1]（我没有把一本战争小说算上，那是我被派到美国所做的令人厌烦的战时工作的一部分），不过现在我不准备写那另外的三部了。一部是以十六世纪的西班牙为背景的奇迹小说[2]；第二部是关于马基雅弗利[3]在罗马那[4]跟彻萨雷·博

---

1 指《刀锋》，有两个汉译本，一是周煦良译（上海译文出版社，1982），一是秭佩译（湖南人民出版社，同年出版）。

2 这本奇迹小说后来已写，1944 年出版，即俞亢咏译的《卡塔丽娜传奇》（上海译文出版社，1991）。

3 尼·马基雅弗利（1469—1527），意大利政治思想家，主张君主专制和意大利统一，是文艺复兴时期一个杰出人物，他认为为达到政治目的可以不择手段，著有《君主论》《谈话集》和喜剧《曼陀罗花》等。

4 罗马那，旧天主教教皇领地，在意大利东北部。

尔吉亚[1]相处的一段故事，他们这次相处给他提供了写作《君主论》的最佳的资料；我准备把他们的谈话和他据以编写剧本《曼陀罗花》的材料交织在一起，写成一部小说[2]。我知道作家们常用自己所经历的事情为素材写小说，事情也许琐屑，只是凭他的创造能力才写得趣味盎然，耐人寻味，这回我想把这个程序颠倒过来，从《曼陀罗花》这个剧本来猜测其原本可能发生过的真实情况，一定很有趣。最后一部小说，我预备写伯蒙赛[3]贫民区里一个工人阶级家庭的故事。我在五十年前开始写作时，写的是一本关于伦敦那些走投无路的穷人的故事，我觉得再用同样的题材来写一部小说以结束我的创作生涯是很有意思的。可是我现在只想把这三部小说放在脑子里供闲来遐想，作为消遣[4]。这是作家所能从他的作品中得到的最大的喜悦；写了出来，就不再是他的了，他不再能从他想象的人物的谈话和行动中得到欢乐。同时我认为到了七十岁或者过了七十岁，我也不大可能写出什么有多大价值的东西来。动力衰退

---

1 彻萨雷・博尔吉亚（1475—1507），教皇亚历山大六世的私生子，曾任枢机主教，为教皇的主要顾问。马基雅弗利即以博尔吉亚的阴谋狡诈和卓绝的聪明胆识为楷模而著《君主论》。

2 这第二部后来也写了，即《彼时与此时》（1946）。

3 伯蒙赛，伦敦东部泰晤士河南侧的工业区。

4 本文是 1944 年写的，事实上后来不是三部未写，而是两部已出版（见前注），只剩一部关于贫民的故事没有写出来。

了，活力衰退了，创造力衰退了。

文学史上对于即使是最伟大的作家的晚年作品，也常带着惋惜地一笔带过，但更多的时候是干脆不屑一提，我自己也伤心地亲眼看到我朋友中间有些很有才华的作家，才力已不复当年而还在继续写作，结果写出来的作品大不如前，令人失望。一个作家的思想感情的最佳交流对象是他的同一代人，他应该明智地让他的下一代人去选择他们自己的代言人。不管他让不让他们这样做，反正他们就是这样做。他使用的语言和他们格格不入。

我觉得在我一生和一生的活动所致力构成的图案上面，再也写不出什么来添加上去。我已经完成了自己的心愿，我愿意就这样收场了。

有一个征象使我注意到我这样做是明智的，那就是我一向总是生活在未来多于生活在现在，而近来我发现自己越来越多地沉浸在过去。大概当未来无可避免地必然如此短促，而过去是如此长久时，这也是很自然的。我什么事总预先订好计划，一般都按计划完成；然而现在谁能制订计划呢？谁说得准明年或后年将发生什么，谁知道一个人的处境将如何，能不能跟过去一样地生活？我过去喜欢驾着帆船在地中海的蓝色洋面上闲荡，而今帆船被德国人夺去了，我的汽车被意大利人拿走了，我的房子先是被意大利人占用，现在是德国人占用着，还有我的家具、书籍、油画，如果没有被洗劫一空，也四处乱堆乱摊着[1]。但是对于这种种，我比什么人都不放在心上。我已经享尽人间所能企求的奢侈生活，今后给我两间住房，一日三餐，再有一个好好的图书馆能有书看，就足以满足我的需要了。

我胡思乱想，常想到过去漫长的青年时期。我做过各种令人后悔的事情，不过我尽量不让它们困扰我；我对自己说，这不是我做的，而是过去的另一个我做的。我伤害过一些人，但因为我没法弥补对他们造成的伤害，我设法使另外的一些人受惠，聊以赎罪。有时候我不无懊丧地回忆起我错过了当年可以享受的好些云雨之欢的机会，但我知道我不得不坐失良机，因为我是神经质的，尽管事先欲火中烧，想入非非，而真到关键时刻，却往往一阵肉体上的反感使我退避三舍了。我比自己预想的更为贞洁。

许多人说话太多，老年更是唠叨。虽然我向来惯于多听少讲，近来似乎也渐渐染上了饶舌的毛病，我一发现就留意纠正。因为老人是被勉强容忍的，他必须处处谨慎知趣。他应当竭力不教别人讨厌。他不能硬去扎在年轻人中间，因为他使他们拘束，他们和他在一起不自在，如果他觉察不到他们会因他的离去而松一口气，那他准是冥顽不灵的。假如他曾经在这世界上有点声望，那么他们会

1 第二次世界大战爆发时，毛姆居住在地中海边的游憩胜地里维埃拉的莫雷斯克别墅里；后被德军占用，情况详见其回忆录《纯属私事》(1941)。

寻求和他交往，但他们不是为结交他而结交他，而是因为他们往后可以在他们一辈的朋友面前去吹吹牛——要是他不明白这一点，他就是傻瓜。在他们心目中，他是一座山，你爬它，不是为了攀登的乐趣，也不是为了你可以从山顶眺望的景色，而是为了回到山下可以夸耀你的壮举。

人们总建议老年人还是和他同一辈的人多来往来往，他倘能从中得到些欢乐，也够幸运的了。当然，被邀请去参加一个全是些一只脚跨在坟墓里的老人的聚会，是令人丧气的。愚蠢之人并不因老而变得少些愚蠢，而老年的愚蠢比年轻的愚蠢更为讨厌。有的老人硬不顺从岁月的侵袭，一举一动轻浮得令人恶心；另有些老人抱住过去的年代不放，对摈弃了过去年代的当今世界百般地不耐烦：我不知道这两种人哪一种更让人受不了。

既然年轻人不喜欢和老人往来，而老人觉得自己同一辈的人又令人讨厌，那么老人的前景似甚暗淡。这样，剩下来就只有与自己为伴；我与自己为伴比与哪个为伴都称心如意，我深为欣幸。我从来就不喜欢许多人的大聚会，我现在可以拿年迈为托词，或者干脆不参加聚会，或者参加了到觉得没有趣味时悄悄溜走。我越来越孤单，我也越来越安于孤单。去年我一个人独居在康巴希河[1]

1 康巴希河，在美国南卡罗来纳州南部，向东南流入大西洋。

畔的一所小屋里为期数周，不见任何人，但我既不觉得寂寞，也不觉得厌烦。的确，要不是酷热和疟蚊迫使我放弃这隐居生活，我真不愿意回到纽约去哩。

很奇怪，一个人需要多么长时间才意识到仁慈的大自然赋予他的恩惠。我最近才想到我一生从没有过头痛、胃痛、牙痛。前几天我在卡尔达诺[1]将近八十岁时写的自传里看到，他庆幸自己还有十五颗牙齿。这会儿我自己数数，我还有二十六颗。我曾患多种严重疾病，肺病、痢疾、疟疾等等都害上过，但我从不过量喝酒，也不吃得太多，我现在身体健康如常。

显然一个人若想度个愉快的晚年，非有相当健康的身体，同时还非有适当的收入不可。收入无需很多，因为一个人的需要不多。放荡的开支浩大，而老年容易安分守己。可是贫困而年老就糟了，倘若生活都必须要依靠别人，那就更糟了。我感谢公众，他们不但使我生活安乐，而且使我可以随心所欲，还能帮助对我有所要求的人们。老人往往贪婪。他们常要利用金钱以保持对于依附他们的人们的权力。我觉得自己没有这种心思，因而也没有这样的毛病。

我除了对名字和面孔的记忆之外，总的说来，记忆力很好，我看过的书都记得。它的不好的一面是，世界上伟大的小说看过了

1 卡尔达诺（1501—1576），意大利医生、数学家，死前完成了自传《我的一生》。

两三遍之后，我再不能趣味盎然地重读它们了。现代的长篇小说很少引起我的兴趣，要不是那无数的侦探小说，我真不知如何消遣时日，这些小说那么引人入胜地给你排遣时间，看完就让你忘掉。我对于各种与我无关的书向来不闻不问，我至今还是不要看娱乐的书和那些介绍对我毫无意义的人物事迹或地方情况的书。我不想了解暹罗[1]的历史或爱斯基摩人的风土人情，我不要看曼佐尼[2]的传记，我对矫健的科尔特斯[3]的好奇的趣味，到看到了他站立在德利英[4]的一个峰顶上的记事，也就满足了。我依旧能津津有味地读我年轻时候读的那些诗人的诗，也有兴趣读今天诗人的诗。我庆幸自己活得长久，能够读到叶芝和艾略特后期的诗作。我能阅读出于约翰逊[5]博士笔下的所有作品和出于科勒律治[6]、拜伦和雪莱笔下的几乎所有的作品。老年使人失去了最初读到这些世界名作时的强烈感受，这永远无可挽回。重读像济慈的《眺望天空的人》那样的诗，再也没有早先初读时的感受，最后不得不认为原来不过如此，这

---

1 暹罗，泰国的旧称。

2 曼佐尼（1785—1873），意大利诗人、小说家。

3 科尔特斯（1485—1547），西班牙殖民者。

4 德利英，原指整个巴拿马半岛，今指其东部。

5 塞·约翰逊（1709—1784），英国作家、评论家、词典编纂家。

6 科勒律治（1772—1834），和华兹华斯以及稍后的拜伦、雪莱、济慈都是英国浪漫主义时期的主要诗人。

的确是可悲的。

然而有一个门类始终引起我老年的激情，那就是哲学，不是争辩和枯燥无味的学术性的哲学——“丝毫解决不了人间苦难的哲学家的言论是枉自空论的”，而是讨论我们人人面临的种种实际问题的哲学。柏拉图、亚里士多德（有人说他枯燥，可如果你有幽默感的话，你会发现他实多娱人之处）、普罗提诺[1]、斯宾诺莎[2]，还有许多现代哲学家，如布拉德利[3]和怀特海[4]，永远使我开怀，启发我深思。原来他们和那些希腊悲剧家所探讨的全都是和人生密切相关的问题。他们使人振奋，又使人安谧。阅读他们的著作犹如驾着一叶扁舟在阵阵微风中漂浮于散布着千百个岛屿的内陆海面上。

十年前我在《总结》中零零星星写下了我在生活中、阅读中、冥思玄想中所形成的关于上帝、生命不朽、人生的意义和价值等等方面的印象和观点[5]，我觉得在这些问题上后来并没有什么需要改变的想法。倘若我需要重写的话，我想该把当前迫切的关于价值的课题写得稍为深入具体些，另外还当更详细地谈谈关于本能

1 普罗提诺（约 205—270），古希腊哲学家，新柏拉图学派主要代表。

2 斯宾诺莎（1632—1677），荷兰哲学家，唯理论的代表之一。

3 布拉德利（1846—1924），英国唯心主义哲学家。

4 怀特海（1861—1947），英国数学家、哲学家。

5 指《总结》的最后部分，即俞亢咏译《毛姆随想录》中的《漫谈人生哲学》部分，见前注。

的问题；有些哲学家在这个题目上面建造起了巍然的臆测的大厦，而在我看来，要在本能这个题目的基础上建造起一座比空中楼阁更坚实些的建筑物来，那将如打靶场里浮在喷水口上的乒乓球一样晃荡不定。

现在我离死亡更近了十年，想到这一天的到来并不稍比当时多领悟些。有几天我确实觉得自己什么事情都做得太多了，认识了太多的人，读了太多的书，看了太多的油画、雕像、教堂和精致的建筑，听了太多的音乐。

我不知道上帝存在不存在。任何旨在证明他存在的说法都不能令人信服，而古时伊壁鸠鲁[1]说过，信仰须凭直觉。这种直觉我可从未有过。同时又从来没有人圆满地解释清楚何以恶与全能全善的上帝并存的道理。一度我被印度教的神秘的中性概念——即无始无终的存在、知识和福泽的概念所吸引[2]，觉得这比人们凭自己的意愿设想出来的任何其他的神祇都更为可信。不过我也只能把它看作是一种给人深刻印象的幻想。它不可能从终极原因依据逻辑推导出这个世界的森罗万象。当我想到茫茫的宇宙，想到无数的星辰和以

1 伊壁鸠鲁（公元前341—前270），古希腊哲学家，强调感性认识的作用，主张人生目的是追求幸福。

2 毛姆因而于二十世纪四十年代写《刀锋》，书中以整整一章（第六章）专门阐述这一方面和宗教哲学。

千千万万光年计算的空间，我自不胜畏惧。但是我的想象力没法想象出一个造物主来，我愿意承认宇宙的存在是一个非人类的智慧所能解开的谜。

至于生命的存在，我倒相信有一种“心理物理物质”，它是生命的起源，其心理的一翼是复杂的进化活动的出处。但这一切的目的（如有目的的话）是什么，这一切的意义（如有意义的话）何在，我还是茫然无知。我所知道的只有一点，那就是：所有哲学家、神学家或神秘主义者在这方面所说的都不能使我信服。不过，假如上帝存在而又关心人类的事情，那么他当然必须相当地通情达理，如同一个通情达理的人一样，用宽厚的眼光看待人类的弱点。

还有关于灵魂是怎么说的呢？印度教徒称之为“阿特曼”[1]，他们认为它来自永恒之中，并将继续存在于永恒之中。这比认为灵魂是随着一个人形成胚胎和出生而产生的说法容易接受。他们主张它有“绝对实在”的性质，从“绝对实在”中来，最后回归“绝对实在”中去。这是一种可喜的幻想；人们也只能认为就是这么回事。于是人们相信轮回，从而更进一步对恶和祸[2]的存在提出了人类的智慧

---

1 阿特曼，梵文 Atman 的音译，本义为“我”，印度哲学和印度教用以指灵魂的源头和最后归宿。

2 恶和祸，原文为 evil。按英语中 good 既指善，也指福；evil 既指恶，也指祸。

所能设想的唯一似乎有理的解释，因为它假定恶和祸是过去罪过的报应。它不解释为什么全智全善的造物主愿意或甚至还会制造罪过。

然而灵魂是什么？从柏拉图以来，对这个问题的解答莫衷一是，而大多数仅是对他的设想的修改补充。我们经常使用这个词，应该相信我们必有所指。基督教作为一条信条，认为灵魂是上帝创造的一种简单而不朽的精神实质。我们可能并不相信，然而还是赋予这个词以一定的含义。当我问自己，我说的灵魂指的是什么，我只能回答，我指的是我的自我意识，即我中之我，也即我之为我的品格，这品格包含我的思想、我的感情、我的经历和我肉体的偶然因素。

我看很多人不信肉体的偶然因素影响灵魂的形成。就我自己而言，我对于这一点比谁都更确信无疑。假如我不是口吃，或者假如我身材高了四五英寸，我的灵魂就会大不一样；我有些突颚，在我小时候人们不懂得可以趁颚骨还柔韧的时候，给带上个金托子予以矫正；假如当时他们那样做了，我的面貌就会变成另一个样子，我的伙伴们对我的反应就不同，因而我的性情、我对他们的态度也就不同了。但是能用一个齿科医疗器械矫正的灵魂，又算是什么东西呢？

我们全都知道，要不是只因似乎偶然的机会遇到了某一个人，或者在某个特定的时候到过某个特定的地方，我们的一生会有多大的变化；因而我们的性格——因而我们的灵魂，会和现在的迥然不同。

因为不管灵魂是品质、感情、癖好等等的混合物，或是一个单纯的精神实体，反正性格是它的可以觉察到的现象。我想每个人都会同意，痛苦，无论是精神上的还是肉体上的，都影响性格。我认识一些人，他们在贫困和不得志的时候妒忌、狠毒、卑劣，但一旦获得成功，便变得和善和襟怀恢廓。银行里存了一点钱，社会上有了一点声誉，就能使他们灵魂高尚，岂不怪哉？相反地，我认识一些原来正直可敬的人，到为贫病所困时，会变得虚伪、欺骗、好争吵、心地恶毒。因此我没法相信这样随肉体情况而变化的灵魂可能脱离肉体而单独存在。你看到死人的时候，自会觉得他们是彻底地死了。

有时有人问我，我愿意不愿意把我这一生重新再活一次。总的说来，我这一生是过得很好的，也许比大多数人过得都好，可我觉得重活一次没有意思。这会像是重看一遍一本以前已经看过的侦探小说一样无聊。不过，假定真有再生这么一回事——这是全人类的四分之三明确相信的，再假定一个人可以选择要不要再在地球上过一次新的生活，我有时候曾经这样想过：我应该试一试，也许有希望可以享受我因环境和自己精神或肉体上的特殊原因而没有享受到的种种乐趣，还可以学到许多我没有时间或机会学到的东西。但是现在我应该谢绝了。我已经活够了。我既不相信生命不朽，也不企求生命不朽。我只想死得快，死得没有痛苦。我乐于深信我的灵魂以及它的愿望和弱点都将随着我最后的一口气一起化为乌有。

我牢记着伊壁鸠鲁写给米诺西厄斯的信中说的话：

> 你该深信，死对于我们是无所谓的。因为一切善恶、祸福在于知觉，而死了没有知觉。所以，正确认识了死对于我们是无所谓的，有涯的生命就有意味，不是因为这个认识给生命添加了无限的延续，而是因为它消除了我们对于不朽的向往。一个人真正理解了不活并不可怕，那么他在生活中就无所畏惧了。

我想用以上这些话在今天这个日子来结束我的这本书正合适。

七五述怀

上面这段文字是我在五年前写的。我并未改动，虽然我上回讲到的四部书，三部已经写出来；第四部我不准备写了[1]。

当我在美国长期居留后回到英国，重访了我原来计划作为故

1　那三部是《刀锋》、《彼时与此时》和《卡塔丽娜传奇》，见前注。

事背景的那个伦敦贫民区，重新结识了那里的一些人，有的是原来要作为我小说人物的模特儿的，我发现情况大大改变了。伯蒙赛区已不是我原先心目中的伯蒙赛区。战争破坏得很厉害；人死了不少；但过去失业的阴影，不再像乌云一样笼罩在我那些朋友们的头顶，使他们忧心忡忡；他们不再住在臭虫窝里，而住进了整洁的市建套房；他们有了无线电收音机，有了钢琴，一星期看两次电影；他们不再属于无产阶级，而是成为小资产阶级了。这些都是向好的方面发展的变化，可是我所发现的并不仅是这些。人们的心情不同了，在旧的困顿的日子里，尽管忍受着艰辛坎坷，他们欢快、友善，而现在他们的生活由于妒忌、憎恶、怨恨而极不满意。他们并不是不满意自己的境遇；而是对那些享有他们享受不到的特权的人们满怀仇恨。他们愁眉紧锁，郁郁寡欢。

有一家人家的主母，是我多年前就认识的一个打杂女工，她对我说："他们消灭了贫民窟和垃圾，我们所有的欢乐也跟着给一扫而光了。"

我进入了一个我感到陌生的世界。它无疑依旧可以提供丰富的小说素材，但我原来心目中的情景已经不复存在，所以我无意去写它了。

在过去的五年里，我也许学到了一些以前我所不知道的东西。由于偶然遇到一位著名的生物学家，我得以对生物哲学至少有了些肤浅的了解。这是一门发人深思、引人入胜的学问。它解放人们的思想。研究科学的人似乎都同意，到某一个遥远的时期我们的这个地球将连最低级形式的生命都不能维持；而在那个情况到来的很长时间之前，人类将同许许多多种不能适应环境变化的生物一样，早就灭绝了。你这就势必得出这样的结论：所有进化的那一套将彻底破产，而过去导致创造人类的过程实乃自然界惊天动地的大荒谬，它的惊天动地犹如基劳埃阿的火山[1]爆发和密西西比河的泛滥，但它们同样都是荒谬。因为没有一个头脑清醒的人能够否认，贯穿全部世界历史，自古至今，不幸的总和远远超过幸福的总和。只有在短暂的时期里，人们才不是日夜生活在暴死的恐惧和危险之中，而且如霍布斯[2]所说，人的生活不仅仅是在蛮荒时期才是孤独、贫困、卑贱、残暴和短暂的。每一个时代有多少在这可悲的世界上作短促逗留的人，受尽苦难，就凭着对来世的信仰而得到了一定的安慰。他们是幸运的。信仰，对于抱有信仰的人来说，是能解决理智所无法解决的难题的。

有些人赋予艺术一种它本身应有的价值，使自己相信，大众的悲苦命运作为产生画家和诗人的光辉作品所需偿付的代价，不算太昂贵。我对这种态度不屑一顾。在我看来，有些哲学家声称艺

1 基劳埃阿的火山，在夏威夷，是世界上最大的活火山之一。

2 霍布斯（1588—1679），英国政治哲学家、机械唯物主义者。

术的价值在于它的作用，从而得出它的价值不在于美而在于正义行为的结论，这是对的。因为作用须有实效，否则就是空虚的。如果艺术仅是一种快感，无论是怎样美妙的心灵上的快感，都没有重大意义：这好比支撑拱门的柱顶上的雕刻；它们的优美和花样赏心悦目，却无实际效用。艺术，除非导致正义行为，否则只是知识阶层的鸦片而已。因此，我们不能指望在艺术中找到什么来消除早在《传道书》[1] 中亘古不朽地表达出来的悲观思想。我认为人类面对世界的不合理而表现出来的英雄气概具有比艺术更伟大的美。我在帕迪·费纽坎的英勇姿态中看到这种美，他在冲向死亡的时刻，对他飞行中队的战士们传送遗言："弟兄们，我死得其所。"我在奥茨上尉的冷静的决心中看到这种美，他不愿自己成为伙伴们的负担，而在北极的夜晚走出去，迎向自己的死亡。我在海伦·瓦格利阿诺的坚贞不屈中看到这种美，她是个妇女，不很年轻不很漂亮，也不是很有知识的，她为了一个不是她自己的国家，受尽地狱般的折磨，视死如归，始终不出卖她的朋友们。

帕斯卡[2]有一段名言，他说道："人只不过是一根苇草，是自然

1 《传道书》，《圣经·旧约全书》中一卷。

2 帕斯卡（1623—1662），法国数学家、物理学家、哲学家，晚年思想转向神学方面，认为信仰高于一切，强调直觉。哲学著作有《思想集》《致外省人书》等。

界最脆弱的东西；但是他是一根能思想的苇草。用不着整个宇宙都拿起武器来方能毁灭他；一口气、一滴水就足以致他于死地了。然而，纵使宇宙毁灭了他，人却仍然要比致他于死地的东西高贵得多；因为他知道自己要死亡，以及宇宙对他所具有的优势，而宇宙对此却一无所知。因而，我们全部的尊严就在于思想。”[1]

真是这样吗？当然不是。我想现今对尊严的理解并不一致，我相信法语中的这个词最好译成英语的“高贵”[2]。有一种高贵不是从思想产生的，却更质朴自然。它既不决定于文化，又不决定于教养。它的根源是人类最原始的本能。如果人是上帝创造的，那么上帝在人的这种本能面前，会羞惭得遮起脸来。尽管人类有种种弱点和罪恶，间或也会表现出那样光辉的精神来，我们知道了这一点，也许可以从悲观失望中得到一些宽慰。

然而这些是重大的课题，即使我有本领论述它们，这里也不是适当的所在。因为我好比是一个在战时的港口上候船的旅客。我不知道船几时开航，可我得准备一接到通知立即上船。这个城市的许多地方我都没去观光。我不想去看那些我将永远不会乘车去行驶的新筑的漂亮的高速公路，也不想去看我将永远不会坐在那里

1　原文是法语，见《思想集》第六编第 347 则。译文采用何兆武译本。

2　法语原文中用 dignitie，毛姆意谓译成英语作 nobility 较为确切。

看戏的全是现代化设备的豪华的新剧院。我看看报纸，翻翻杂志，但是倘有人好意借书给我看，我就婉谢了，原因是我没有时间去读完它，而且我即将登程远去，也实在没有心思。我在酒吧柜上或打牌的桌子上和一些人偶然相识，却无意和他们交朋友，因为我转眼就要和他们分手。我正准备上路啊。

杂忆录

她们脸上丝毫也没有那种由于意识到这也许是最后一次见面而泛起的愁容。她们有那么一种超乎父女死别的天真烂漫的表情。

[日本]夏目漱石
文洁若 译

作者简介

夏目漱石（1867—1916），日本作家，代表作有《我是猫》等。《杂忆录》中的这两篇，分别回忆了作者小时候对家中藏画的欣赏，以及他后来病重时儿女来探望的情景。

译文原载于《世界文学》1996年第3期。

二十四

小时家里有五六十幅画。有时在壁龛前，有时在堆房里，抑或在晾晒东西时，我曾轮流看到过。于是，我独自蹲在字画前，默然打发光阴，引为乐趣。至今与其看那像是把玩具箱翻倒了一般色彩花花搭搭的戏，不如面对着自己中意的画，心情要愉快得多。

画中最令我感兴趣的是使用彩色的南画。可惜我家的藏画中南画不多。孩提时我当然不懂得画的好坏。至于好恶，只要构图上有中意的天然色彩与形状，我就高兴了。

我从未有机会增添鉴赏方面的修养，以后，我的趣味并没有起什么新变化地发展下去。所以，尽管或许有因山水之故而爱画的弊病，倒也未干过凭着名字而论画这类值得非议之事。正如大约与画同时爱上的诗一样，不论是出于何等大家之笔，也不论是何等不可一世之作，凡是不中意者，我一向不屑一顾。（我把汉诗按内容一分为三，深爱一部分，大贬另一部分，对其余三分之一则谈不上喜欢还是厌恶。）

有一次，我看到一栋房子——当然是在画绢上——对面有座青翠的圆山，院子里种着在春光下熠熠生辉的梅花，一道小河沿着篱笆缓缓绕过，并在柴门跟前流淌。于是，我就对身旁的友人说："哪怕一回也罢。这辈子能够在这么个地方住住才好。"友人端详着我那一本正经的脸，深表同情地说："你知不知道住在这样的地方有多么不方便吗？"这位友人是岩手（岩手县位于本州东北部，内陆部多是山岳、丘陵地带）人。我这才察觉出自己的无知，感到羞愧，同时又恨友人讲求实际，在我的牧歌情怀上涂了层泥。

这是二十四五年前的事了。其间，我也像那位岩手出身的友人似的渐渐不得不讲求实际了。如今，即使走下悬崖，从溪流中汲水，我也认为不如在厨房里装上自来水管更为便捷。然而，南画般的心境仍不时现于梦中。尤其是自从仰卧病榻以来，心里不断地描绘着绮丽的云彩与天空。

这时小宫君寄来一张印有歌麻吕彩色版画的明信片。天长日久，这幅画的色调已失去光泽，自自然然地变得那么古雅。我简直着了迷，目不转睛地观赏着，可偶然翻过来一看，竟写着自己想托生为画中人等话，这话跟我当时的心绪毫无共同之处。于是我托旁人回复道："我最讨厌这种黏糊糊的美男子啦。我喜欢温暖的秋色，以及从其中飘逸出来的大自然之清香。"然而这回小宫君本人坐到枕边对我这个病人说起陈词滥调来了：什么"大自然固然好，但必须是给人做背景的大自然才行"，等等。于是我跟小宫君抬起杠来，骂他是个愣头青——病中的我就是如此眷恋大自然的。

天空晴朗得就像沉到苍穹尽底似的。目力所及的碧处，整个儿都被太阳高高地照耀着。反射下来的阳光遍布大地，我独自在其间静静地取着暖，并看到无数的红蜻蜓在眼前成群地飞着，于是在日记里写道："天胜似人，默胜似语……恋人红蜻蜓，飞来肩上停。"

这是回到东京后的景色。因为返京后，美丽的大自然之画，一如儿时，不断地占据我的思绪。

秋露下南矾，黄花粲照颜。
欲行沿涧远，却得与云还。

二十五

妻子把嘴凑到我耳边说，孩子来了，瞧瞧他们吧。我没有力气挪动身子，所以不曾改变姿势，仅将视线移过去，只见孩子们坐在离枕头相距约六尺的地方。

我睡着的这间八铺席屋子的壁龛，位于我的脚那一头。与邻室相间的纸隔扇被拉开了一截，我的枕头就堵在那儿。所以我是越过敞着的纸隔扇的门槛看到我的孩子们的。

也许是因为隔屋而看高于头部的东西，两眼必须不自然地使劲看，所以坐在那里的孩子们的身姿显得意外的远。我勉强瞥了一眼，映在我眼帘中的那几张脸，相距那么远，与其说是见了面，毋宁说是眺望到了更为合适。我只瞥了眼孩子们的身影，一对眼珠马上就恢复了自然的角度。然而经这短短的一瞥，我便什么都看到了。

一共是三个孩子，按照十二岁、十岁、八岁的顺序被安排在屋子中央，坐成一溜儿。三个都是女小囡。为了未来的健康，兄弟姐妹五个原是奉父母之命到茅崎消夏去的，直到昨天她们还在海滨跑来跑去的呢。接到父亲危笃的通知，她们就由亲戚领着，离开沙子积得老厚的小松原，专程到修善寺来探望。

然而她们还太小，无从理解危笃意味着什么。她们记得“死”这个词儿。然而死亡的可怕与恐怖，尚未在她们那稚气的头脑里留下任何阴影。她们无从想象被死神缠住的父亲的身体今后会起怎样的变化。父亲死后会给自己的命运带来怎样的后果，这些她们当然都揣想不到。她们只不过是为了慰问病中的父亲，跟着别人搭乘火车来到父亲养病之处的。

她们脸上丝毫也没有那种由于意识到这也许是最后一次见面而泛起的愁容。她们有那么一种超乎父女死别的天真烂漫的表情。这里有各式各样的人，她们三人被并排安顿在其间特别的座位上，在严肃的气氛下，规规矩矩、装模作样地端坐着，好像是因受拘束而感到憋闷似的。

我只是吃力地瞥了她们一眼而已。我认为把这些并不理解什么叫作生病的小可怜虫大老远地特意拖到这里，让她们一本正经地坐在枕畔，倒是件残酷的事。我把妻子叫过来，吩咐她说，既然好不容易来了一趟，就领她们在这一带参观一下好了。倘若当时我曾担心这就是父女之间最后一次见面了，也许我就会更亲热一些地端详她们了。然而，我对自己的病情并不像医生和旁人那样感到危险。

孩子们立即回东京去了。约莫一星期后，她们各自写了慰问信，装在一个信封里，寄到我下榻的旅店里。十二岁的笔子写的是夹杂了方块字的不规范的文言体书信："祖母大人风雨无阻，每日拜佛百次祈愿父亲大人早日康复。闻听高田的伯母大人也到某神社进香。阿房、清美与武女等三人，每天换猫坟前的水，供上鲜花，祈愿父亲大人及早痊愈。"十岁的恒子所写的信很一般。八岁的英子全是用片假名写的。为了便于阅读，填上汉字如下："爸爸的病好了吗？我们生活得平平安安，请放心。爸爸也不要挂念我，早点把病治好，早点回来吧。我每天上学，没请过假。还有，问妈妈好。"

我躺着从日记本中撕下一页，在上面写道："父母不在家的期间，你们要乖乖地听奶奶的话。不久有便人的时候，会给你们送些修善寺的土产去。”写毕，立即叫妻子投了邮。我回东京之后，孩子们依然漫不经心地玩耍着。她们大概已经把修善寺的土产给弄坏了。她们长大后，倘若有机会读到此文，会作何感想呢？

伤心秋已到，呕血骨犹存。
病起期何日，夕阳还一村。

苦尽甘来

苦难是大大的吉祥。人们与其在苦难时压抑、呻吟，倒不如视苦难为上帝的赐福，应当默默地、耐心地忍受。倘若人的生活没有艰难，幸福没有灾祸，舒适没有烦恼，那么，生活就不成其为生活。

[坦桑尼亚]
夏巴尼
周国勇 译

作者简介

夏巴尼（1909—1962）是当代斯瓦希里语文学的奠基人。《世界文学》曾在1979年第2期介绍过他的诗歌和寓言。夏巴尼是一位才华横溢的作家。他写诗，其诗意境淡远，韵律隽永。他写小说，其小说构思独特，形象丰满。而在散文领域，又是他第一个将“随笔”这一形式引入斯语文学，且写得清新自然、言近旨远而又富于幽默感。这些随笔富有人生哲理，颇令人回味。此文便是夏巴尼随笔的精选。

译文原载于《世界文学》1986年第4期。

夜 空

要描述天空或夜色之美，需要诗人的天赋。白天，阳光太强，天空难以展现全貌，只是白茫茫的一大片。天空之壮美唯夜间才显露——最引人瞩目的莫过于月亮和星星了。天空悬临大地，犹如蓝色大屋顶。那又大又圆的月亮，那无数颗闪闪烁烁的、美丽的星星与流星，那白色的、灰色的或乌黑的云朵，如此和谐又美不可言。普通的人是不会昂首去尽兴地观赏、描绘天空之美妙的。诚然，农民也常常观望天空，但不过是想知道夜色之将临或是否会下雨。奇哉，夜间的天空！且看那些星星！它们有多大——如我们的大地那般？那上面也有人、有汽车、有电台、有婚礼么？而那里的土地又是什么样的呢？哪里是它的起端，又终止于何处？这浩大的屋顶，是谁制造的？又在哪家工厂？遐思绵绵不尽。看，夜空何等姣丽、安谧！云朵慢慢地飘过月亮的脸庞，为之增添几许秀色。月亮简直是一位端庄华贵的王后；星星闪闪，多么耀眼。可是待到皓月中天，银辉四溢时，星星的美就黯然失色了。雨季里，黑沉沉的夜晚，没有月亮，也没有星星，只有乌云层层，令人恐惧，无以名状。

海滨

在海滨散步乃是工余的一大消遣。人处在清新的空气之中，眼前是浩渺的大自然——大海、涛声、风暴，有时又平静得犹如一页白纸！日月升落，那美景简直如巫术似的使人迷醉。白茫茫的沉静的世界。漫步海滨令人产生壮阔的遐思，也能观察到那一张张笑脸与愁容。在海滨盘桓徜徉，常常激发诗人的灵感，或者使人静思默想，心境平和，疲劳顿消。而观看孩子们在沙滩玩耍——垒山筑屋，开挖渠道……更别有一番情趣。

谎言

谎言是事实真相的反面。世上不说谎的人并不多。凡想欺瞒或坑骗他人者总要借助谎言。谎言或许会得逞一时，但不管如何，撒谎是一种坏的品质，在生活中是不受欢迎的。说假话的岂止是恶棍和蠢人，好人和有知识的人也往往难免此俗。人世间险恶的大海之一便是谎言。一个撒谎者可以使许多人迷失方向，甚至陷入绝境。蠢人的谎言较之有知识者更易戳穿。世界上所发生的一些灾难，究其原因，更多地乃是大人物的谎言所致。你若想撒谎，你就一定不要健忘。而永恒的记忆不过是理想中的事，实际上绝不可能。因此，为人说谎，行之不远。谎言犹如黑暗，在事实的一线光芒之前，便倏忽消逝。“事实一旦显露，谎言就逃之夭夭”，这句斯瓦希里谚语提醒人们不实之词的虚弱。撒谎的一大害处是自欺欺人，这对说谎者来说是屡见不鲜的。说谎者惧怕别人远胜于惧怕上帝。

苦尽甘来

没有人喜欢苦药，同样，也没有人喜欢苦难，但苦难的反面恰恰是吉祥。

苦难常常能唤起干事业的力量——这种力量尽管是潜伏着的。一般来说，星星唯有在黑暗中闪现，正如磨难方显出英雄本色。在某些情况下，智慧需要突然的撞击、艰苦的磨砺，才能拨迷雾而见天日。困境催人奋发，激起自强自立的力量。成功之道在于努力。许多责任感强烈的名人，其业绩就是在折磨、考验和疑难中开创的。

力量、教养、情操来源自苦难。舒适、悠闲远不如坎坷与磨难更锻炼人，更能发挥人的长处。苦难造就人的禀赋，苦难磨炼人的秉性。苦难引导并造就个性，教人以耐心和韧劲，有助于激发许多新鲜的思想。从苦难中走出来的人有如赤金。

因苦难而成功更为美好动人，经灾患而欢乐更令人喜悦。我们若不经饥饿，焉能品出佳肴之美味。光明在黑暗之后更显灿烂。既然如此，为了享受繁荣，必须经受苦难。

考验朋友的真诚，再没有比患难更为合适。一帆风顺能带来朋友，而苦难却考验朋友。友谊的绿叶，在繁荣之时随风轻拂，垂下浓荫；而在危难之际却往往经不起风吹，零落飘散。

苦难对人类还有一个好处。它远比繁荣更使我们接近上帝。正是在苦难中，我们的心灵越发纯洁，我们的思想更靠拢宗教。身临苦难，我们最依赖上帝。

苦难是大大的吉祥。人们与其在苦难时压抑、呻吟，倒不如视苦难为上帝的赐福，应当默默地、耐心地忍受。倘若人的生活没有艰难，幸福没有灾祸，舒适没有烦恼，那么，生活就不成其为生活。完整的生活应当是既有幸福又有灾难。我们应当欢迎苦难，唯此才能享受欢乐。

街头吵架

街头吵架在大城市里是屡见不鲜的，表现了人好争好斗的本性，这种本性往往导致战争。有些人热衷于打嘴仗。双方厉声对骂，激烈的言辞间充满怒气与侮辱。有些顽劣者，骂之不足，则互相厮打，拳击脚踢，舞棍弄棒，抛掷石头。你曾见过街上妇女争吵么？如没有，请到集市、舞场或水井边。妇女更喜欢互揪头发，她们的武器是骂人的舌头，其威力远胜于砍刀。吵架——在娱乐中、集市上、影院里及其他许多场合，吵架——为搬运工的工钱争执不下，吵架——往对方衣服上啐唾沫。所有这一切即刻之间便会招来一大帮好事者，七嘴八舌地想充当公正的裁判。有时候警察驾到。血流出来了，衣服撕破了，眼睛红肿有如火烤，头发也蓬乱不堪，而嘴里呢，还不干不净地骂骂咧咧。很多场合，吵架的起因是微不足道的小事。

访医院

一大群病人——有的愁容满面，有的抽泣啼哭，有的病情发作，有的奄奄一息。那么多人躺在病榻上呻吟，这情景真令人惨不忍睹。他们能生还抑或死去，尚在未卜之数！憔悴、绝望、伤心、痛苦、彷徨……所有这些都在病人的脸上显示出来。白衣护士急匆匆地来来往往，给病人发药，安慰他们，鼓励他们。可有些病人却没有耐心，大声号叫。护士有时也斥责几句。看看大夫们的工作，还有那手术室、那一排排病床、那洁白的墙壁、那干净的地板……周围一片安静。病房外是来探视病人的亲友，他们给病人带来欢愉。不一会儿，夜幕降临，又是一片寂静。在夜的安谧之中，病人的哭喊与呻吟又何等令人心碎！走访医院使人产生多少关于世间苦难的联想，也叫人想起有多少人为了他人的健康而献身，还使人想起那些名医的妙手回春、那些为医院捐款者的善举。

客　人

好客对非洲人来说是一种美德。我们乐于款待客人，即使在非常困难的时候。客人临门，对富人来说负担很小，但对于穷人却不能不说是很大的开销。朋友来做客，处处受到热情的款待。但是三亲六眷上门来，在达累斯萨拉姆、桑给巴尔或内罗毕却叫人头疼。这些亲戚说不定什么时候会来，甚至不打招呼登门；有的住两天，有的甚至两个月。不管你有四间房还是一间房，也不管你有没有经济条件，他们都会心安理得地住下来。礼貌不容许主人谢绝客人，而客人也不会立刻告辞，使主人难堪。

童　年

老人们常说童年乃人生之美好的时光。他们回首童年，追忆那些幸福的日子——有趣的游戏，整日的田间闲逛，学校里的乐事，亲爱的爸爸妈妈，可爱的弟弟妹妹，旧日的住处，可口的拉杜甜饼和煎鸡蛋，同伴的聚会，常开的玩笑，还有那儿时得到的礼物。他们在孩提时代，不必为糊口而卖命。要什么东西，他们的妈妈们都会满足他们的要求。当他们回顾往事，童年的疑问与难题会显得十分渺小，甚至无聊，不由得引起人们会心的一笑。儿时他们不曾遇到大的灾祸，没有沉重的负担，也没遭到多大的危险。世界对他们是一座乐园，他们不懂人还可能是残酷无情的。他们相信听到的一切，也不晓得人有可能是虚伪诈骗的。那时，他们纯真无邪，终日愉快。因而，老人们有时向往能重返童年。

也许老人们说的是真的。然而，我以为他们忘却了童年许多不愉快的事。要是神仙真的使他们如愿以偿，让他们变回儿童，他们怕是不愿意的。有一个故事，说的是一个小孩哭闹着，不愿放假后再回校上学。他爸爸训斥他道："我要能再当一回孩子，现在就上学去。"不料神仙听从了他的话语，孩子的爸爸一下变成小孩，而他儿子变为成人。事到临头，小孩模样的爸爸不得不上学去。我敢说他根本不喜欢这样。孩子的忧患对成人可以说是微不足道，但对孩子本身却是了不起的大事呀。

尽管如此，童年毕竟是美妙的时光。所以做孩子的时候，我们就要尽力做到品行端正。童年乃人生的重要阶段。人的品性在童年开始形成。我们长大后成为什么样的人，取决于童年时的所学与所为。

笼中兽

野生动物一旦囚在铁笼里，虽然能使游客和孩子们兴高采烈，但毕竟令人十分伤感。失去了自由，它们变得像老鼠那么可怜。为了不让它们伤人，只喂一点儿食物。刚抓来的那几天，它们常常袭击饲养员，一次次地往铁栅上扑腾，企图逃走。但饥饿使它们乏力。常言说，饥饿能驯服猛狮。诚哉斯言。这些一度曾是林中之王的狮子，而今显得憔悴、疲惫。有的人，在野生动物自由时，一听到远处的吼叫便颤抖；而今却居然往动物脸上啐唾沫，还自以为得意。看着笼中兽的情景，叫人黯然神伤，不禁会想：与其让它们囚在铁笼里，倒不如赐它们一死。为什么将它们关入笼中？是为满足富人或统治者的虚荣心？是为取悦懒惰的观众？还是作为自然界的标本？这些都无人知晓。幸运的是，野生动物一朝逃离囚笼，便会报仇雪恨，袭击、伤害人和家畜。

一只烂椰子臭了整棵树

聪颖的人无论走到哪里都能发现与拾取智慧的宝石。他们能在黑暗中见到智慧的闪光，恰如在阳光下那般。他们能见智慧于天空，亦能见智慧于地下。在清风里、流水间，他们都能发现智慧。莽原里、大漠中，他们也能见到智慧。崇山平川间的智慧，他们依然一目了然。流星与星星是他们的向导。气候的每一次变化对他们都是一册新书。这些哲人善于以浅显的比喻阐述生活中的深奥事理。“一只烂椰子臭了整棵树”是斯瓦希里语的一句非常简练的谚语，却道出了种种重要的，甚至十分重要的哲理。

以食物而言，这句谚语告诉我们，一只坏果子毁了整筐水果。在观察人类社会时，这句谚语告诫我们，为无穷的欲望与野心所毁灭的人，犹如一只烂椰子夹杂在人群之中。

希特勒是众所周知的烂椰子。他那统治世界的梦想毁灭了自己的国家——德国，也给几乎是全世界带来了苦难。他在欲望的阴影里行走，也在阴影下躺卧——如果他曾经在那些痴心妄想的梦幻里合眼躺下的话。

此公不曾有过妻子，却在战争中给多少妻子带来了丧夫的灾难；他不曾有过孩子，却杀害了多少人的孩子；他也不是富翁，却给世上多少财东造成了损失——除了那些卖军火给他的商人外。此公一个人的欲望却成了全世界的灾祸。他是一只地地道道的烂椰子，尽管自称要将他的国家引向荣耀与昌盛。

希特勒这等人在世界上一度时运亨通，而一旦厄运降临，他们又成了世间最无耻最受谴责的人。他们以给人民谋求幸福为诱饵，轻易地攫取了领导受骗者的权力。受蒙蔽者拥戴之，不受骗者仇恨之。他们担心头脑清醒者会唤醒受骗者，便迫不及待地将人们推入毁灭的深渊。

随笔三则

读书使人充实，讨论使人机智，作文使人准确。因此不常作文者须记忆特强，不常讨论者须天生聪颖，不常读书者须欺世有术，始能无知而显有知。

［英国］
弗兰西斯·培根
王佐良 译

作者简介

弗兰西斯·培根（1561—1626），英国作家、哲学家和政治家。培根是实验科学的创始人，近代归纳法的创始人，也是给科学研究程序进行逻辑组织化的先驱。主要著作有《新工具》《论科学的增进》《学术的伟大复兴》等。另外，他以哲学家的眼光，思考了广泛的人生问题，写出了许多形式短小、风格活泼的随笔小品，集成《培根随笔》。

这三则随笔都是劝世箴言式的小文章，极富哲理的智慧。

译文原载于《世界文学》1961 年第 1 期。

谈读书

读书足以怡情，足以傅彩，足以长才。其怡情也，最见于独处幽居之时；其傅彩也，点于高谈阔论之中；其长才也，最见于处世判事之际。练达之士虽能分别处理琐事或一一判别枝节，然纵观统筹，全局策划，则舍好学深思者莫属。读书费时过多易惰，文采藻饰太盛则矫，全凭条文断事乃学究故态。读书补天然之不足，经验又补读书之不足，盖天生才干犹如自然花草，读书然后知如何修剪移接；而书中所示，如不以经验范之，则又大而无当。狡黠者鄙读书，无知者羡读书，唯明智之士用读书，然书并不以用处告人，用书之智不在书中，而在书外，全凭观察得之。读书时不可存心诘难作者，不可尽信书上所言，亦不可只为寻章摘句，而应推敲细思。书有可浅尝者，有可吞食者，少数则须咀嚼消化。换言之，有只需读其部分者，有只需大体涉猎者，少数则须全读，读时须全神贯注，孜孜不倦。书亦可请人代读，取其所做摘要，但只限题材较次或价值不高者，否则书经提炼犹如水经蒸馏，味同嚼蜡矣。读书使人充实，讨论使人机智，作文使人准确。因此不常作文者须记忆特强，不常讨论者须天生聪颖，不常读书者须欺世有术，始能无知而显有知。读史使人明智，读诗使人灵秀，数学使人周密，科学使人深刻，伦理学使人庄重，逻辑修辞之学使人善辩：凡有所学，皆成性格。人之才智但有滞碍，无不可读适当之书使之顺畅，一如身体百病，皆可借相宜之运动除之。滚球利睾肾，射箭利胸肺，慢步利肠胃，骑术利头脑，诸如此类。如智力不集中，可令读数学，盖演题须全神贯注，稍有分散即须重演；如不能辨异，可令读经院哲学，盖是辈皆吹毛求疵之人；如不善求同，不善以一物阐证另一物，可令读律师之案卷。如此头脑中凡有缺陷，皆有特药可医。

谈 美

德行犹如宝石，朴素最美；其于人也，则有德者但须形体悦目，不必面貌俊秀，与其貌美，不若气度恢宏。人不尽知：绝色无大德也；一如自然劳碌终日，但求无过，而无力制成上品。因此美男子有才而无壮志，重行而不重德。但亦不尽然。罗马大帝奥古斯特与泰特思，法王菲利普，英王爱德华四世，古雅典之亚西拜提斯，波斯之伊斯迈帝，皆有宏图壮志而又为当时最美之人也。美不在颜色艳丽而在面目端正，又不尽在面目端正而在举止文雅合度。美之极致，非图画所能表，乍见所能识。举凡最美之人，其部位比例，必自有异于常人之处。阿贝尔与杜勒皆画家也，其画人像也，一则按照几何学之比例，一则集众脸形之长于一身，二者谁更不智，实难断言，窃以为此等画像除画家本人外，恐无人喜爱也。余不否认画像之美可以超绝尘寰，但此美必为神笔，而非可依规矩得之者。乐师之谱成名曲亦莫不皆然。人面如逐步细察，往往一无是处，观其整体则光彩夺目。美之要素既在于举止，则年长美过年少亦无足怪。古人云："万美之中秋为最。"年少而著美名，率由宽假，盖鉴其年事之少，而补其形体之不足也。美者犹如夏日蔬果，易腐难存；要之，年少而美者常无行，年长而美者不免面有惭色。虽然，但须托体得人，则德行因美而益彰，恶行见美而愈愧。

谈高位

居高位者乃三重之仆役：帝王或国家之臣，荣名之奴，事业之婢也。此不论其人身、行动、时间，皆无自由可言。追逐权力，而失自由，有治人权，而无律己之力，此种欲望诚可怪也。历尽艰难始登高位，含辛茹苦，得更大辛苦，有时事且卑劣，因此须做尽不光荣之事，方能达光荣之位。登高位，立足难稳，稍一倾侧，即有倒地之虞，至少亦晦暗无光，言之可悲。古人云："既已非当年之盛，又何必贪生？"殊不知人居高位，欲退不能，能退之际亦不愿退，甚至年老多病，理应隐居，亦不甘寂寞，犹如老迈商人仍倚店门独坐，徒令人笑其老不死而已。显达之士率需借助他人观感，方信自己幸福，而无切身之感，从人之所见，世之所羡，乃人云亦云，认为幸其实心中往往不以为然；盖权贵虽最不勇于认过，却最多愁善感也。凡一经显贵，待己亦成陌路，因事务纠缠，对本人身心健康，亦无暇顾及矣，如古人所言："悲哉斯人之死也，举世皆知其为人，而独无自知之明！"居高位，可以行善，亦便于作恶：作恶可咒，救之之道首在去作恶之心，次在除作恶之力；而行善之权，则为求高位者所应得，盖仅有善心，虽为帝嘉许，而凡人视之，不过一场好梦耳，唯见之于行，始有助于世，而行则非有权力高位不可，犹如作战必据险要也。

行动之目的在建功立业；休息之慰藉在自知功业有成。盖人既分享上帝所造之胜景，自亦应分享上帝所定之休息。《圣经》不云乎："上帝回顾其手创万物，无不美好。"于是而有安息日。

执行职权之初，宜将最好先例置诸座右，有无数箴言，可资借鉴。稍后应以己为例，严加审查，是否已不如初。前任失败之例，亦不可忽，非为揭人之短，显己之能，以其可做前车之鉴也。因此凡有兴革，不宜大事夸耀，亦不可耻笑古人，但须反求诸己，不独循陈规，而且创先例也。凡事须追本溯源，以见由盛及衰之道。然施政定策，则古今皆须征询：古者何事最好，今者何事最宜。

施政须力求正规，俾众知所遵循，然不可过严过死；本人如有越轨，必须善为解释。本位之职权不可让，管辖之界限则不必问，应在不动声色中操实权，忌在大庭广众间争名分。下级之权，亦应维护，与其事事干预，不如遥控总领，更见尊荣。凡有就分内之事进言献策者，应予欢迎，并加鼓励；报告实况之人，不得视为坏事，加以驱逐，而应善为接待。

掌权之弊有四，曰：拖，贪，暴，圆。

拖者拖延也，为免此弊，应开门纳客，接见及时，办案快速，非不得已不可数事混杂。

贪者贪污也，为除此弊，既要束住本人及仆从之手不接，亦须束住来客之手不送，为此不仅应廉洁自持，且须以廉洁示人，尤须明白弃绝贿行。罪行固须免，嫌疑更应防。性情不定之人有明显之改变，而无明显之原因，最易涉贪污之嫌。因此意见与行动苟有更改，必须清楚说明，当众宣告，同时解释所以变化之理由，绝不可暗中为之。如有仆从、稔友为主人亲信，其受器重也别无正当理由，则世人往往疑为秘密贪污之捷径。

粗暴引起不满，其实完全可免。严厉仅产生畏惧，粗暴则造成仇恨。即使上官申斥，亦宜出之以严肃，而不应恶语伤人。

至于圆通，其害过于贿行，因贿行仅偶尔发生，如有求必应，看人行事，则积习难返矣。所罗门曾云："对权贵另眼看待实非善事，盖此等人能为一两米而作恶也。”

旨哉古人之言：“一登高位，面目毕露。”或更见有德，或更显无行。罗马史家戴西特斯论罗马大帝盖巴曰：“如未登基，则人皆以为明主也。”其论维斯帕西安则曰：“成王霸之业而更有德，皇帝中无第二人矣。”以上一则指治国之才，一则指道德情操。尊荣而不易其操，反增其德，斯为忠诚仁厚之确征。夫尊荣者，道德之高位也：自然界中，万物不得其所，皆狂奔突撞，既达其位，则沉静自安；道德亦然，有志未酬则狂，当权问政则静。一切腾达，无不须循小梯盘旋而上。如朝有朋党，则在上升之际，不妨与一派结交；既登之后，则须稳立其中，不偏不倚。对于前任政绩，宜持论平允，多加体谅，否则，本人卸职后亦须清还欠债，无所逃也。如有同僚，应恭敬相处，宁可移樽就教，出人意料，不可人有所待，反而拒之。与人闲谈，或有客私访，不可过于矜持，或时刻不忘尊贵，宁可听人如是说：“当其坐堂议政时，判若两人矣。”

恨赋

我厌恶那些病态的嘲笑狂，那些因不能效法他们父辈端庄的严肃而一味冷笑的卑劣的青年。

[法国] 埃米尔·左拉
张秋红 译

作者简介

埃米尔·左拉（1840—1902），法国小说家、剧作家、文论家。生于巴黎，早年生活经历坎坷。极多产，主要作品有长篇小说《克洛德的忏悔》（1865）、《德莱丝·拉甘》（1868）、《玛德莱纳·菲拉》（1868）、《卢贡·马卡尔家族》（二十部，六百万字，1871—1896）、《三城市》（长篇小说三部曲，1894—1898）等，及大量的文艺理论著作、剧本和散文等。

左拉的这篇《恨赋》写于1866年，译自他的《文学艺术杂谈》。将左拉仇恨的各种人从人群之中减掉，人类所剩几何？其实左拉仇恨的是人的劣根性。

译文原载于《世界文学》2003年第5期。

我的恨，是神圣的。这种恨，乃是坚强而有力的心灵的义愤，乃是面对愚蠢与庸俗时怒不可遏的人们富于战斗性的轻蔑。这种恨，意味着爱，意味着感受到自己灵魂的热情洋溢与宽容大度，意味着在愚昧而可耻的世俗的鄙视下依然达观地生活。

这种恨，给人以慰藉；这种恨，给人以公正；这种恨，给人以与日俱增的尊严。

每当我对当代庸俗不堪的偏见奋起反抗之后，我就感到自己更朝气蓬勃，更斗志昂扬。我居然将深恶痛绝与勇往直前变成我的一对伴侣；我已经乐于离群索居，在我的独居生涯中，我已经乐于憎恨一切损害正义与真理的行为。如果今天我还有某种价值的话，那就是我依然孤军作战，我依然嫉恶如仇。

我厌恶那些饱食终日、无所用心的无能之辈；他们使我受尽折磨。他们害得我烦躁不安、心力交瘁。我深知：世上再没有比那些睁着一对圆眼睛、张着一只大嘴巴、像鹅一样摆动着双脚摇来摇去的市井之徒更惹人生气的了。在生活中，我往往走不了两步路，就碰上三个傻瓜，我因而总是愁眉不展。大路上，这号人触目皆是；熙熙攘攘的人流中，蠢人随时会一把拉住你，当面向你一个劲儿抖落些陈芝麻烂谷子。他们到处游荡，信口开河，他们整个的言谈举止、音容笑貌都叫我瞧着不顺眼，听着不痛快，以致我像司汤达那样，宁可碰上一个恶棍，也不愿遇见一个白痴。我问他：

我们究竟能把这号人改造成怎样的人呢？如今赶上这战斗迫在眉睫、前进刻不容缓的时代，这号人偏偏挤在我们的队伍里。我们刚刚摆脱旧世界，正匆匆奔向新世界。他们却吊在我们的臂膀上，扑在我们的双腿上，带着傻笑，说些荒谬绝伦的话来教训人；他们害得我们陷入艰险而微妙的困境。我们振作精神往往归于徒劳：他们向我们步步进逼，压得我们连气也喘不过来，害得我们连手脚也动弹不得。唉，怎么办！在这铁路与电报正把我们从肉体到灵魂整个儿带往无限与绝对的时代，在这人文精神正产生新真理的庄严而焦虑不安的时代，我们居然与这号人为伍；在这个时代，居然有一帮毫无价值而愚不可及的家伙陷于他们那种陈词滥调又狭小又令人作呕的死水塘中，口口声声地否定现在。天地正越来越广阔，红日高照，碧空正满目阳光。而这号人，却随心所欲地往冷漠的泥潭里越陷越深，他们的肠胃连消化都因骄奢淫逸而变得迟钝；他们那一对对又圆又大的眼睛因光明而昏花，居然视而不见；他们连声叫嚷着抱怨天下人的打扰害得他们再也睡不成懒觉，再也不能就着他们共有的愚蠢之槽逍遥自在地反刍他们满嘴的草料。虽然老天爷给我们创造了一群狂人，但我们还是得让他们洗心革面，脱胎换骨；这群狂人总在苦思冥想；他们每个人思考起问题来都把钻牛角尖的那根弦绷得太紧，害得他们的聪明才智纷纷失去了弹性；在今日的世界上，他们委实是一群精神与心态上的病夫，一批身强力壮、生气勃勃的可怜虫。我真想侧耳细听他们倾吐哀曲，因为我始终希望一种至高无上的真理从他们的胡思乱想中放射出光芒来。然而，出于对上帝的热爱，就算是某个魔王把酒囊饭袋、凡夫俗子、无能之辈与行尸走肉斩尽杀绝，这世上毕竟还有种种准则吩咐我们摆脱那些闭着眼睛说太阳底下一团漆黑的信口雌黄之徒。如今该是英勇刚毅之士重振一七九三年雄风的时候了：庸人那蛮横无理的王朝虽已离开这个世界，但我们仍应将庸人统统扔到沙滩广场上去。

我痛恨他们。

我厌恶那种囿于个人见解的人，他们成群结队互相挤来挤去地蜂拥而来，低着头盯着地面，唯恐看见一缕阳光。他们每一群，都有自己的神，都有自己的偶像，放在祭坛上的祭品则是被他们所扼杀的人间伟大的真理。这种小团体，在巴黎数以百计，在每个角落都有二三十个，在讲台上，他们在滔滔不绝的高谈阔论中居然煞有介事地训斥人民大众。他们不慌不忙地踱着方步，在俗不可耐的装腔作势中一本正经地招摇过市，一有人打扰他们幼稚可笑的狂热崇拜，就发出一阵阵绝望的叫嚣。啊，我的朋友，诗人与小说家，饱学之士与简单的好奇者，你们全都熟悉他们，你们都曾登门造访过这些关起门来修指甲的正人君子，但愿你们敢与我大声交谈，让天下人都听见你们亲口告诉我：这些正人君子竟把你们个个全都撇在他们的小教堂之外，他们其实只是些胆小如鼠而又排斥异己的教堂执事。但愿你们告诉我：他们曾经嘲笑过你们的缺乏经验，而他们的所谓经验竟是否定除了他们的谬论之外的任何真理。但愿你们告诉我：你们的处女作竟有过这种经历：当你们怀里揣着自己那篇感情真挚而又充满确信的文章找上门去的时候，得到的回答却给了你们当头一棒："您称赞一个有才华的人，但这个人，对我们来说，决不能有才华；对任何人来说，都不得有才华。"啊，这就是公正而富于智慧的巴黎展现在我们眼前的美景！无论在天堂，还是在地狱，那遥远的世界里想必有一个唯一而绝对的真理，正是这个支配所有星球的真理把我们推向未来。而在我们这里，偏偏有无数真理在互相冲突，互相破坏，偏偏有无数流派在互相辱骂，偏偏有无数死也不肯前进的团体在哀声哭诉。有些人在顿足捶胸地追悔那一去不复返的往昔，另一些人则在如醉如痴地巴望那决计来不了的未来；至于考虑现在的人们，谈论现在竟好像谈论永生。每一种宗教都有自己的教士，每一个教士都有自己盲目的信徒与苟活的奴才。提起现实，谁也不操这份心；不折不扣的窝里斗，扔雪球打雪仗的捣蛋鬼的把戏，无休无止的闹剧，在这闹剧中，过去与未来，上帝与芸芸众生，谎言与蠢事，都只是得意忘形而又滑稽可笑的傀儡而已。我在上下求索：以自由为信仰的人们究竟在哪里？他们活得光明磊落，决不把自己的思想束缚在一种教条的狭隘圈子里，始终义无反顾地向光明挺进，从不怕明天承认并纠正自己的错误，因为他们关心的只是合理与正确。耿介之士究竟在哪里？他们与那种拿了人家的钱专替人家拍手叫好并且宣过誓的角色无缘，无论顶头上司、上帝或君主、俗子或贵族，如何挤眉弄眼打手势示意，他们都不会遵命鼓掌。独立自主地活在世上的人们究竟在哪里？他们远离乌合之众，追随的是任何伟大的事业，蔑视的是小宗派，热爱的是摆脱宗教枷锁的自由思想。当这些人畅所欲言的时候，那伙铁板着脸的草包立刻大发雷霆，仗着人多势众，群起而攻之，必欲置于死地而后快；接着，纷纷照老样子嚼草料去，一个个又显出神圣不可侵犯的姿态来，偏偏在互相额手称庆之际无一例外地暴露出他们低能儿的本相。

我痛恨他们。

我厌恶那些病态的嘲笑狂，那些因不能效法他们父辈端庄的严肃而一味冷笑的卑劣的青年。比起灵活巧妙的沉默来，世上居然还有更空虚而无意义的哈哈大笑。在这个惶惶然不可终日的时代，我们居然目睹一种神经过敏而又充满焦虑的戏谑，这种戏谑，就像一把锉刀在锯齿间磨来磨去的声音那样，让我生气，叫我难受。啊！你们住口吧，你们全都挖空了心思变着法儿要逗大众取乐子，但你们压根儿就不懂得笑，你们酸溜溜的笑，只叫人难堪，连牙齿也发酸。你们说的一句句笑话，你们开的一个个玩笑，都构成对人们的伤害；你们迈出的轻飘飘的步子，显出的只是垮了的一代的妖姿媚态；你们的云里翻，不过是奇形怪状的跟头罢了，在这种跟头里，你们卖弄的只是可鄙的可怜相而已。难道你们竟看不出我们根本就没有兴致听什么笑话、开什么玩笑？等着瞧吧，到头来你们只落得自己向隅而泣。你们千方百计、枉费心机去发现不祥之兆中的可笑之处，有什么意义呢？从前，当人们能笑的时候，那种笑，可不是你们这种笑。如今，欢乐居然成了一种痉挛，快活居然成了一种前仰后合的疯狂。我们如今这些笑容满面的人，这些因心境愉悦、情绪乐观而闻名遐迩的人，其实是一帮成事不足败事有余的居心叵测之徒，不管什么事，也不管什么人，他们都往手里一抓，非捏得你笑出声来不可，他们无异于那些玩起来不把玩偶打破砸坏了决不肯罢休的顽童。我们如今这些人的快乐，其实是那种看见有个过路人忽然摔了一跤跌断了一只胳膊或一条腿竟笑得直不起腰来的幸灾乐祸之辈的快乐。等到世上连鸡毛蒜皮、针头线脑的可笑事儿也觅不着的时候，这类角色就什么都嘲笑。因此，我们就成了特别爱说爱笑的民族；我们嘲笑我们中间的伟人与恶棍，嘲笑上帝与魔鬼，嘲笑别人与我们自己。在巴黎，居然有整整一大帮人忙于捕捉千家万户的笑料；所谓闹剧恰恰在于兴高采烈地扮演蠢货，就像另一批人一本正经地装傻一样。至于我，不禁扼腕叹息，感慨丛生：插科打诨的幽默行家多如牛毛，而诚实可靠的谦谦君子与追求自由、伸张正义的仁人志士却寥若晨星。每当我看见一个正派的小伙计面对老百姓最大的乐事居然笑起来，我就油然而生怜悯之心，可惜他不那么有钱，否则，他就会活着什么事儿都不用干，他就会同样失礼而又失态地笑得直不起腰来，但我绝不抱怨那些只会嘲笑却从不流泪的人。

我痛恨他们。

我厌恶那些神气活现、不可一世的笨伯，那些叫嚷我们的文学艺术已寿终正寝的无能之辈。那都是些最空虚的脑袋，最冷酷的心肠，葬身于旧日的冢中枯骨；这类角色，带着鄙夷而不屑一顾的目光，蔑视我们时代所有富有生命力而又震撼人心的作品，随即宣称这些作品全都思想狭隘，毫无价值。对此类论调，我可不敢苟同。我向来几乎不把美与完美放在心上。像十七世纪那样伟大的世纪，我也不怎么介意。我心里念念不忘的只是生活，只是奋斗，只是渴望。在我们同时代人中间，我显得无拘无束。在我看来，艺术家似乎不能向往另一种环境，不能憧憬另一个时代。再也没有大师，再也没有流派。我们陷于一片混乱之中；我们每个人都成了为自己考虑、为自己创造、为自己奋斗的叛逆。时不我待，形势逼人，到处都笼罩着焦虑不安；谁都在翘望那种出手不凡、击中要害并有重拳足以堵住他人嘴巴的铁腕人物；在这角斗场中每一个新手的内心深处，都有一种朦胧的希望，那就是：做这个明天的独裁者，这个明天的暴君。到那个份儿上，才算是视野广阔、前途无量呢！我们谁不觉得未来的真理在我们心头直打哆嗦呀！倘若我们结结巴巴地说不上话来，那是因为我们想说的话太多了。如今我们正处于一个科学而现实的时代的开端，面对这迎着我们冉冉升起的伟大的曙光，我们时而像醉汉一般步履蹒跚。但我们埋头苦干，开创造福子孙的千秋大业，不失时机地加入推翻旧世界的队伍，任一片灰尘在空中弥漫，任残砖碎瓦随着轰隆声纷纷坠落。明天，大厦必将重建。我们将感受创造新世界的那种炽热的喜悦与甜蜜而又苦涩的焦虑；我们将孕育出激情洋溢的作品，迸发出真理那自由的呼声，反映出伟大世纪摇篮时期所有的善与恶。让那些瞎子矢口否认我们的努力吧；既然我们的奋斗乃是创造新世界的最初的探索，那就让他们从我们的奋斗中看看旧世界末日的动荡吧。那尽是些瞎子。

我痛恨他们。

我厌恶那些钳制着我们的自大狂，那些不肯直面人生、不肯正视生活的老学究与讨厌鬼。我呼唤人文精神的自由流露。令我心驰神往的，乃是永不间断地表达人类思想感情的一系列讲坛，乃是展示生动逼真的艺术精品的一条永无止境的陈列廊；而令我深感遗憾的，却是艺海无边，人生有涯，不能一直出席观看世间这纷至沓来而永不收场、千姿百态而瞬息万变的无数幕喜剧。我只不过什么都想知道罢了。那些蠢人，既然不敢向前看，那就只得往后看。他们惯于拿过去的标准来塑造现在，总希望未来、作品与人物都从逝去的岁月中找到榜样。然而这太阳偏偏是按照自己的意愿日复一日地从东方升起来的，而随着曙光出现的每一个早晨都带来一种新思想，带来一种新艺术，带来一种新文学。有多少社会，就有多少各不相同的作品；而社会恰恰在不停地变化。可是无能之辈却不肯扩大眼界、拓宽视野；他们开出早已老掉牙的旧作品的名单，就这样找出相对真理，并赶紧把相对真理变成绝对真理：千万别创造，只要模仿就行了。这就是我憎恶那些莫名其妙地铁板着脸的迂夫子与莫名其妙地眉飞色舞的老顽固，憎恶那些荒唐地企图将昨天的真理化为今天的真理的艺术家与评论家的原因。他们压根儿就不懂得：我们在高歌猛进，而风云却变幻不已。

我痛恨他们。

这会儿你们一定清楚了：究竟什么才是我的爱，才是我这美好的青春之爱。

PART /2

一个诗人的诞生

一个诗人的诞生

使一个人幸福有时并不需要很多东西！而一生中幸福的时刻毕竟很少。

[捷克]雅罗斯拉夫·塞弗尔特
杨乐云 译

作者简介

雅罗斯拉夫·塞弗尔特(1901—1986)，捷克小说家、诗人、记者，1984年获诺贝尔文学奖。本篇选自他的回忆录《世界美如斯》。诗人在这本“故事与回忆”中，通过一则则小故事，缅怀他漫长一生中所遇到的一些人与事，以及他对这些人与事的感受。

译文原载于《世界文学》1998年第2期。

我有一个小孙女，不言而喻我非常钟爱她。她喜欢画画。起初，一支普通圆珠笔对她来说也就足够了。可是她的妈妈发现她在这方面有特殊爱好之后，毫不犹豫就给她买回了彩色粉笔和彩色铅笔。而且不止一套！这些糟蹋到不成样子的文具统统装在一只鞋盒里。有时我突然想给她把所有的彩色铅笔削一削。没有这个可能，为数太多了。

“爷爷，给我画个公主。”

我相当无可奈何地挑了一支黄铅笔，先画了一顶金色的王冠，又在一个椭圆形的圈儿里画了马马虎虎像是牙齿的玩意儿，使人联想到龇牙咧嘴的鲨鱼。小孙女马上把画笔夺了过去。

“不是这样的！你得先画脑袋，然后在脑袋上画王冠。”说着，她的小手在纸上移来移去，不一会儿一个神色有点儿惊惶的小公主便在纸上瞪着眼睛瞧我们了，粉红色的衣裳上缀满了花花绿绿的花边。

“那就给我画一只大象吧。”

我笨拙地画了怪模怪样的一大团肉，顶在四根柱子上，前面装饰着一根有些像消防水龙的东西，后面加了一条快乐地卷曲着的猪尾巴。这次小孙女也不满意，过了片刻，纸上出现了一头大象，充满了可爱的、无法模拟的稚气。我称赞她画得好，心里感到羞愧。我上了那么多年的绘画课，辛辛苦苦，可是什么也没有学会。

家里已经有人在发愁，上帝保佑，她可千万别想着将来当画家呀。要那样可是太不幸了。然而，我却相信这样的事不会发生。要不了多少时候，她今天的爱好就会改变。我小时候也是拿到纸就画。有一回，父母给我买了一块铁皮调色板和一支两头用的小画笔。我欣喜若狂，对此终身记忆犹新。那天晚上，我把调色板压在枕头底下睡觉，那是我童年最快活的一夜。我不记得还得到过什么比这更好的礼物了。使一个人幸福有时并不需要很多东西！而一生中幸福的时刻毕竟很少。

我曾长时间地坐着在纸上画了又画。后来这种热情淡忘了。忘了很久。

上中学一年级时，我们的校舍是一座新楼房，地点在日什科夫的利布谢大街。当我们第一次走进绘画室时，我气都喘不过来了。满室簇新，散发着香气。那是一间漂亮的大厅，光线非常充足，摆着现代化的画桌，活动桌面可以随意倾斜。这些使我想起了那时我已见过的画家的画室，我不禁着了迷，儿时的绘画热情一下子死灰复燃，我又下决心要当一名画家了。

最初教我们绘画的是画家克雷姆利奇卡的一位亲戚，后来是 R. 马雷克老师。他个子不高，动作敏捷，使我联想到法国作家安德烈 · 莫洛亚，这同他的面貌大概也有几分关系。他是一个极好的人，不乏个人魅力，是优秀的美术教师，对我国和世界美术情况很熟悉，经常给我们讲一些有趣的事情。他为《民族报》撰写有关造型艺术的文章，给日什科大的卡米拉·诺依曼诺娃太太画书籍的封面和扉页。

就这样，我又一次徒劳无益地沉迷于造型艺术，想在绘画方面一试身手。马雷克老师循循善诱。他常说绘画这一行哪个笨伯都能学会，都能画得蛮不错。我暗自感到安慰：这么说，我也有希望呀。何况我并不认为自己愚笨。绝对不！一旦我学会了素描，胜利也就在望了。色彩要容易得多。是的，我将学画。

然而，我终究没有当成画家。事情的经过是这样的：大约在中学四年级或五年级，马雷克老师有一次建议我们从家里带几件实物来，以便在学校自己组成静物画面。同学们拿来了苹果、柑橘、柠檬、插着玫瑰花的花瓶、各式各样的匣子和烛台。

我拿来的东西是画日什科夫无产阶级静物画的：一个啤酒瓶、一只玻璃杯、一片面包和一节“夫日特”（意为腊肠，原文是德语）。我非常不愿意用这个捷语化了的词，可是，很遗憾，这个词在我国已很流行，而且还以更糟糕的形式在运用。那年头人们的确不用别的名称叫腊肠。我把那节“夫日特”包在一张油腻的纸里带到学校。在绘画桌上，我用这些东西搭成一组静物，然后像其他同学一样等待着老师的夸奖。

老师过来了，他看了一眼，突然大声说道：

“天啊，塞弗尔特，快把那节‘夫日特’拿开。我无论如何也不允许你画这种东西！”

我一时愣住了，不明白他何以这样惊慌。那只有两秒钟。两秒钟的休克！

从那个难忘的时刻起，我决定还是写诗为好。

射象

我整个一生，在东方的每一个白人的一生，都是长期奋斗的一生，是绝不能给人笑话的。

［英国］乔治·奥威尔
董乐山 译

作者简介

乔治·奥威尔（1903—1950）是英国作家埃里克·布莱尔的笔名。奥威尔生于孟加拉，少年时回国，就读于伊顿公学。1922年至1927年在缅甸的印度警察署工作，后又在巴黎和伦敦工作过一段时间。他曾参加西班牙内战，为共和派作战并负伤。他自认为是民主社会主义者，反对极权统治，却并不理解社会主义与共产主义。他的著名作品是政治讽刺小说，最主要的两部是《动物农场》（1945）和《1984》（1949）。他还写过不少散文，这篇选文写于1936年，收入1950年出版的散文集《射象》。

译文原载于《世界文学》1986年第4期。

在下缅甸的毛淡棉，我遭到很多人的憎恨——在我一生之中，我居然这么引起重视，也就仅此一遭而已。我当时担任该市的分区警官，那里的反欧洲人情绪非常强烈，尽管漫无目的，只是在小事情上发泄发泄。没有人有足够胆量制造一场暴乱，但是要是有一个欧籍妇女独自经过市场，就会有人对她的衣服吐槟榔汁。作为一个警官，我成了明显的目标，只要安然无事，他们总要捉弄我。在足球场上，会有个手脚灵巧的缅甸球员把我绊倒，而裁判（又是个缅甸人）会装着没瞧见，于是观众就幸灾乐祸地大笑。这样的事发生了不止一桩。到了最后，我走到哪里，哪里就有年轻人的揶揄嘲笑的黄脸在迎接我，待我走远了，他们就在后面起哄叫骂，这真叫我的神经受不了。闹得最凶的是年轻的和尚，该市有好几千个，个个似乎都没有别的事可做，只是站在街头，嘲弄路过的欧洲人。

这使我十分着恼，也使我不解。因为那时我已认清帝国主义是桩邪恶的事，下定决心要尽早辞职滚蛋。从理论上来说——那当然是在心底里——我完全站在缅甸人一边，反对他们的压迫者英国人。至于我所干的工作，我是极不愿意干的，这种不愿意的心情非我言语所能表达。在这样的一个工作岗位上，你可以直接看到帝国主义的卑鄙肮脏。可怜巴巴的犯人给关在臭气熏天的笼子里，长期监禁的犯人面有菜色的脸，被竹杖鞭打后疤痕斑斑的屁股——这一切都使我有犯罪的感觉，压迫得我无法忍受。但是我无法认清楚这一切。我当时很年轻，没有受过什么教育，我不得不独自默默地思索着这些问题，在东方的英国人都承受着这种沉默。我当时甚至不知道大英帝国已濒于死亡，更不知道它比将要代替它的一些新帝国要好得多。我只知道我被夹在中间，我一边憎恨我所为之服务的帝国，但我又生那些存心不良的小鬼头的气，他们总是想方设法使我无法工作。我一方面认为英国统治是无法打破的暴政，一种长期压在被制服的人民身上的东西；另一方面我又认为世界上最大的乐事莫过于把刺刀捅入一个和尚的肚子。这样的感情是帝国主义正常的副产品；随便哪个英属印度的官员都会这么回答你，要是你能在他下班的时候问他。

有一天发生了一件事，很能间接地说明问题。这本是一件小事，但它使我比以前更清楚地看到了帝国主义的真正本质——暴虐的政府行为处事的真正动机。有一天清早，镇上另一头的一个派出所的副督察打电话给我，说是有一头象在市场上横冲直撞，问我能不能去处理一下。我不知道该怎么办，但是我想看一看究竟，就骑马出发了。我带上了步枪，那是一支老式的 0.44 口径温彻斯特步枪，要打死一头象，这枪太小了，不过我想枪声可能起恐吓作用。一路上有各种各样的缅甸人拦住我，告诉我那头象干了些什么。这当然不是一头野象，而是一头发春情的驯象。它本来是用铁链锁起来的，发春情的驯象都是如此，但在头一天晚上它挣脱锁链逃跑了。唯一能在发情期制服它的驯象人出来追赶，但奔错了方向．已到了要走十二小时的路程之外，而这头象在清早又突然出现在镇上。缅甸人平时没有武器，对它毫无办法。它已经踩平了一所竹屋，踩死了一头母牛，撞翻了几个水果摊，饱餐了一顿，它还碰上了市里的垃圾车，司机跳车逃跑，车子被它掀翻，乱踩一气。

缅甸副督察和几名印度警察在发现那头象的地方等我。这是个贫民区，在一个陡峭的山边，破烂的竹屋子挤在一起，屋顶铺的是棕榈叶。我记得那是个就要下雨的早晨，天空乌云密布，空气沉闷。我们开始询问大家，那头象到哪里去了，像平常一样，得不到确切的情报。在东方，情况总是这样；在远处的时候，事情听起来总是很清楚，可是你越走近出事的地点，事情就越模糊。有的人说，那头象朝那边去了，有的人又说是另一个方向，有的甚至说根本不知道有什么象逃跑的事。我几乎觉得整个事情可能都是谎话，这时忽然听到不远的地方有人在嚷嚷。我听到一声惊恐的喊叫："走开！孩子！马上给我走开！"这时我见到一个老妇人手中拿着一根树枝从一所竹屋的后面出来，使劲地赶着一群赤身裸体的孩童。后面跟着另外一些妇女，嘴上啧啧出声，表示惊恐；显然那里有什么东西不能让孩子们见到。我绕到竹屋的后边，看到一个男人的尸体躺在泥中。他是个印度人，一个黑皮肤的德拉维人苦力，身上几乎一丝不挂，死去没有几分钟。他们说那头象在屋子边上突然向他袭来，用鼻子把他捉住，一脚踩在他背上，把他压扁在地上。当时正好是雨季，地上泥土很软，他的脸在地上划出了一条槽，有一尺深，几尺长。他俯扑在地上，双手张开，脑袋扭向一边。他的脸上尽是泥，睁大双眼，龇牙咧嘴，一脸剧痛难熬的样子。（可别对我说，凡是死者的脸上表情都是安详的。我所见到的尸体中，大多数是惨不忍睹的。）大象的巨足在他背上撕开皮，像人剥兔皮一样干净利落。我一见到尸体，就马上派人到附近一个朋友的家里去借一支打象的步枪来。我已经把我的马送走，免得它嗅到象的气味，受惊之下把我从它背上颠下来。

派去的人几分钟以后便带着一支步枪和五颗子弹回来，这中间又有几个缅甸人来到，告诉我们，那头象就在下面的稻田里，只有几百码远。我一开步走，几乎全区人人都出动了，他们从屋里出来跟着我。他们看到了步枪，都兴奋地叫喊说我要去打死那头象了。在那头象撞倒踩塌他们的竹屋时，他们对它并不表现出有多大的兴趣，可是如今它要给开枪打死了，情况忽然之间就不同了。他们觉得有点好玩，英国群众也会如此。此外，他们还想弄到象肉。这使我隐隐约约地感到有些不安。我并没有打算打死那头象，我派人去把那支枪取来只不过是在必要时进行自卫而已，而且有一大群人跟在你后面总是令你有些神经紧张。我大步下山，肩上扛着那支步枪，后面紧紧跟随着一群越来越多的人，看上去一定像个傻瓜，心中也感到自己成了一个傻瓜。到了山脚下，离开了那些竹屋子，有一条铺了碎石子的路，再过去，就是一片到处都是泥浆的稻田，有一千码宽，还没有犁过田，因为下过雨，田里水汪汪的，零零星星地长着一些杂草。那头象站在路边八码远的地方，左侧朝着我们。它一点也没有注意到群众的靠近。它把成捆的野草拔下来，在双膝上拍打，打干净了以后就送进嘴里。

我在碎石路上就停了步。我一见到那头象就完全有把握知道不应该打死它。把一头能做工的象打死是桩严重的事，这等于是捣毁一台昂贵的巨型机器，事情很明显，只要能够避免就要尽量避免。在那么一段距离之外，那头象安详地在嚼草，看上去像一头母牛一样没有危险。我当时想——我现在也这么想——它的发情大概已经过去了，因此它顶多就是漫无目的地在这一带闲逛，等驯象人回来逮住它。何况，我当初根本不想开枪打它。因此我决定从旁观察，看它不再撒野了，我就回去。

但是这时我回头看了一眼跟我来的人群。人越聚越多，至少已经有两千人了，把马路两头都远远地堵死了。我看着花花绿绿衣服上的一张张黄色的脸，这些脸上都为了这一点看热闹的乐趣而现出高兴和兴奋的神情，大家都认定这头象是必死无疑了。他们看着我，就像看着魔术师变戏法一样。他们并不喜欢我，但是由于我手中有那支神奇的枪，我就值得一观了。我突然明白了，我非得射杀那头大象不可。大家都这么期待着我，我非这么做不可；我可以感觉得到他们两千个人的意志在不可抗拒地把我推向前。就在这个当儿，就在我手中握着那支步枪站在那儿的时候，我第一次看到了白人在东方的统治的空虚和无用。我这个手中握枪的白人，站在没有任何武装的本地群众前面，表面看来似乎是一出戏的主角，但在实际上，我不过是身后这些黄脸的意志所推来推去的一个可笑的傀儡。我这时看到，一旦白人开始变成一个暴君，他就毁了自己的自由。他成了一个空虚的、装模作样的木头人，常见的白人老爷的角色。因为正是他的统治使得他一辈子要尽力镇住“原住民”，因此在每一次紧急时刻，他非得做“原住民”期望他做的事不可。他戴着面具，日子长了以后，他的脸按照面具长了起来，与面具吻合无间了，我非得射杀那头象不可，我在派人去取枪时就不可挽回地表示要这样做了。白人老爷的行为必须像个白人老爷，他必须表现出态度坚决，做事果断。手里握着枪，背后又有两千人跟着，到了这里又临阵胆怯，就此罢手，这可不行。大家都会笑话我，我整个一生，在东方的每一个白人的一生，都是长期奋斗的一生，是绝不能给人笑话的。

但是我又不愿意射杀那头大象。我瞧着它卷起一束草在膝头甩着，神情专注，像一个安详的老祖母。我觉得朝它开枪无异是谋杀。按我当时的年龄，杀死个把兽类我是没有什么顾忌或不安的，但是我从来没有开枪打过大象，我也不想这么做。（杀死巨兽总是使人觉得更不应该一些。）何况，还有象主人得考虑。这头活象至少可值一百镑，死了，只有象牙值钱，可能卖五镑。不过我得马上行动。我转身向几个原来已在那里的看起来颇有经验的缅甸人，问他们那头象老实不老实。他们说的都一样：如果你让它去，它不理你，如果你走得太近，它就向你冲来。

我该怎么办，看来很清楚。我应该走近一些，大约十五码左右，去试试它的脾性。要是它冲过来，我就开枪；要是它不理我，那就让它去，等驯象人回来再说。但是我也知道，这事我恐怕办不到。我的枪法不好，田里的泥又湿又软，走一步就陷一脚。要是大象冲过来而我又没有射中，我的命运就像推土机下的一只蛤蟆。不过即使在这时候，我想的也并不完全是自己的性命，而是身后那些看热闹的黄脸。因为在那时候，有这么多人瞧着我，我不能像只有我自己一个人那样害怕。在“原住民”面前，白人不能害怕，因此，一般来说，他是不会害怕的。我心中唯一的想法是，要是出了差错，那两千个缅甸人就会看到我被大象追逐、逮住、踩成肉酱，就像山上那个龇牙咧嘴的印度人尸体一样。要是发生这样的事情，他们中间有些人很可能会笑话我。我不能让他们笑话我。只有一个办法。我把子弹上了膛，趴在地上好瞄准。

人群十分寂静，许许多多人的喉咙里叹出了一口低沉、高兴的气，好像看戏的观众看到帷幕终于拉开时一样，终于等到有好戏可瞧了。那支漂亮的德国步枪上有十字瞄准线。我当时根本不知道。要射杀一头象得瞄准双耳的耳孔之间的一条假想线，开枪把它切断。因此，如今这头象侧着身子对我，我就应该瞄准直射它的一只耳孔就行了；但在实际上，我却把枪头瞄准在耳孔前面的几英寸处，以为象脑在这前面。

我扣扳机时，没有听到枪声，也没有感到后坐力——开枪时你总是不会感觉到的——但是我听到了群众顿时爆发出高兴的欢叫声。就在这个当儿——真是太快了，你会觉得子弹怎么会这么快就飞到了那里——那头象一下子变了样，神秘而又可怕地变了样。它没有动，也没有倒下，但是它的身上的每一根线条都变了。它一下子变老了，全身萎缩，好像那颗子弹的可怕威力没有把它打得躺下，却使它僵死在那里了。经过很长时间，我估计大约有五秒钟，它终于四腿发软跪了下来。它的嘴巴淌口水。全身出现了老态龙钟的样子。你觉得它仿佛已有好几千岁了。我朝原来的地方又开了一枪。它中了第二枪后还不肯瘫倒，虽然很迟缓，它还是努力要站起来，勉强地站着，四腿发软，脑袋耷拉。我开了第三枪。这一枪终于结果了它。你可以看到这一枪的痛苦使它全身一震，把它四条腿剩下的一点点力气都打掉了。但它在倒下的时候还好像要站起来，因为它两条后腿瘫在它身下时，它仿佛像一块巨石倒下时一样，上身却抬了起来，长鼻冲天，像棵大树。它长吼一声，这是它第一声吼叫，也是仅有的一声吼叫。最后它肚子朝着我这一边倒了下来，地面一震，甚至在我趴着的地方也感觉得到。

我站了起来。那些缅甸人早已抢在前面跑到田里去了。显然那头象再也站不起来了，但它还没有死，它还在有节奏地喘着气，喉咙呼噜呼噜地出声，它的半边身子痛苦地一起一伏。它的嘴巴张得大大的，我可以一直看到粉红色喉咙的深处。我等它死去，等了很久，但它的呼吸并不减弱。最后我把剩下的两颗子弹射到我估计是它心脏的位置。浓血喷涌而出，好像红色的天鹅绒一般，可是它还不肯死。它中枪时身子并不震动，痛苦的喘息仍继续不断。它在慢慢地、极其痛苦地死去，但是它已到了一个远离我的世界，子弹已经不能再伤害它了。我觉得我应该结束那讨厌的喘息声。看着那头巨兽躺在那里，没法动弹，又没法死掉，又不能把它马上结果掉，很不是滋味。我又派人去把我的小口径步枪取来，朝它的心脏和喉咙里开了一枪又一枪。但似乎一点影响也没有。痛苦的喘息声继续不断，就像钟声滴答一样。

我终于再也无法忍受了，就离开了那里。后来听说它过了半个小时才死掉。缅甸人还没有等我走开就提着桶和篮子来了，据说到了下午他们已把它剥得只剩骨骼了。

后来，关于射杀那头象的事，当然议论不断。象主人很生气，但他是个印度人，一点办法也没有。何况，从法律的观点来说，我做的并没错，因为如果主人无法控制的话，发狂的象是必须打死的，就像疯狗一样。至于在欧洲人中间，意见就不一了。年纪大的人说我做得对，年纪轻的人说为了踩死一个苦力而开枪打死一头象太不像话了，因为象比科林吉苦力值钱。我事后心中暗喜，那个苦力死得好，使我可以名正言顺地射死那头象，在法律上处于正确地位。我常常在想，别人知不知道我射死那头象只是为了不想在大家面前显得像个傻瓜而已。

钥匙孔

只要摘下眼镜，你便同世界拉开了距离，
便可以好好休息，便可以拒绝一切。

〔罗马尼亚〕
西蒙娜·波佩斯库
高兴 译

作者简介

西蒙娜·波佩斯库（1965— ），罗马尼亚女作家。她喜欢用细腻而又大胆的笔调来描绘自己的种种异样的感觉。这一篇《钥匙孔》谈到了一种好奇的、几乎有罪的窥视，但那何尝不是一种富有创造性的发现欲呢?

译文原载于《世界文学》1995年第2期。

民间故事中永远的奥秘：最后一道隐蔽的门，紧锁着，谁也不知道里面藏着什么……然而，故事中的那道门难道就没有钥匙孔吗?

从钥匙孔中望去，世界，正是那个你熟悉并时常接触的世界，变成了另一番模样。他们又一次把你独自留在家里，给你拿出一些陌生人的照片，好让你消磨时光。他们知道这是你的一种游戏。这下你可以从一个房间转到另一个房间，可以瞪大眼睛，随心所欲地打量每一件物品，翻来覆去、里里外外看个遍，一次又一次地抚摸，为了理解它们的冷漠，也为了用它们各式各样的表面来爱抚你自己……你可以在光亮的家具上留下一个印记，谁也不会看见你。但你没有这样做。你首先关好所有的门，然后依次从每道门的钥匙孔中观望，几乎用不着弯腰。这样你看到的只是五彩缤纷的块和片，所有物品都是个谜，没有形状，大小也同平时不一样了。另外还有一点：门那边一片静默，是你曾体验过的最最厚重的静默。倘若房里有亮光，那么，从钥匙孔中张望，会显得更加明亮。但要是房里一片漆黑，那么，所有东西都会渐渐变得半明不昧，就像你那些画在潮湿底板上的画，色彩的边缘互相渗透、融合。在钥匙孔里，你的目光耐心又细致，更为从容，更为专注。也许正是由于这一缘故，物品才显得比平时要大，显得异常坚固。从那时到现在已过去这么多年了，我依然清清楚楚地记得通过门的孔眼所看过的一些“静物”。你喜欢这样观望，小脸蛋紧贴着朝向大街的门。透过镶嵌在坚固门锁上宝石似的孔眼，你可以看到鱼贯而行的流动的色彩，闪闪烁烁的亮斑，不同质地的东西：有时是一只挥动的手，一只鞋，一条小腿肚，一只粉红色基调的皮包，远处的叶簇；有时是近得令你眼花缭乱的一片红色，孤零零悬浮着的一片支离破碎。在一个紫丁香般的夜晚，你看到了一条小狗的尾巴，有节奏地摆荡，见不到身，见不到头，就这么一条尾巴。在学校里，老师让你们通过显微镜看一片红葱头时，你也见过同样的景象：一片紫丁香色中纵横交错的小管及某种东西（一种疯狂的微小有机体）有节奏地、拼命地扭动。

要是能将镜子移动一下该有多好……你突然冒出这个念头，想通过钥匙孔看一看自己的眼睛，瞪得大大的、无所顾忌的、没有教养的眼睛。你用这双眼睛偷看着世界，感到了一种有罪的快感，尽管你完全可以堂堂正正地看，可以敞开大门，谁也不会阻拦你，谁也不会驱逐你……当你在偷偷窥视，知道另一边有人时，真是一种地道的历险啊，弄得你指尖发湿，双脚冰凉。并不一定是好奇，也并不一定是你心中时常出现的感觉——人们隐藏着一些秘密——才使你把眼睛贴在冰凉的门孔上，而是一种奇特的兴奋和感觉：这样观看，一切变得更加重要，更加神秘，一切都得让人猜测。有时还伴有一种莫名其妙的体验惊恐的欲望。你静静地看着，从容自如，无思无虑，仿佛在看显微镜，而每时每刻都有可能被人撞见。除了认定你在窥视，你是个卑鄙的小家伙和小坏蛋外，他还会怎么想？当另一端，有人朝门走近，不断扩大，变成了个吓人的斑点、一个彩色的旋涡、一个幽灵时，你感到自己的心比任何时候都跳得更快，整个身体燃烧了起来。后来，我在一个展览室里，从一位画家的画中认出了这一切。妈妈、爸爸、奶奶、阿姨，所有在门的另一端的人都只是这位画家笔下的旋涡……你感到斑点离门越来越近了，在最后一刻飞快躲到了桌子底下，躲到了床或冰箱的后面。更多的时候，这个斑点向后退去，变成了裙子，然后变成了妈妈身上的裙子，然后又变成了妈妈。而你则退到一边，仔仔细细、反反复复地回味着所有错综复杂的激动。

钥匙孔使你的眼睛格外贪婪。有时，你会觉得你的整个身心都全神贯注于那片富有力度、不断流动的海滩。许多时候，眼睛在化妆盒的小镜或奶奶的镜子里看到了自己，显得硕大无比，背衬着一堵有孔的墙，因为镜子里的脸就是这样的，汗毛孔骤然扩大，就像长在嘴上的绒毛。在这面放大镜里，我看到瞳孔黑色的表面映出了我那缩小的面容，在杂乱的视网膜中还拥聚着很多很多色彩，事实上它们更像一块天鹅绒面的层积的织物，一会儿变成绿色，一会儿变成棕色，一会儿又变成黑色。（要是有人问我的眼睛是什么颜色，我会回答："橄榄色。"因为我想到了将黑、绿、棕三色融为一体的橄榄。）在这块织物的绒面上，我知道，记录着一个人所患或将患的各种病症。在它疯狂搏动着的黑色的中央，有一天我看到了某种令我震惊不已的事实：从另一端观看我的不是我的面容，而是一个老太太恶狠狠的脸。

作为对与钥匙孔有关的丑行的惩罚，我的眼睛，尤其是右眼（贪婪的眼）蒙上了一层近视的毛毡。它们看不清人和物，只看见一些色斑、旋涡和幽灵，而且，总是出错，总是混淆，总是谵妄，总是虚构。随着时间的推移，你慢慢习惯了，甚至喜欢这样，将这视作一种特权。你有可能用两种截然不同的方式打量世界，有可能看着它，就像观看一场形状的游戏，一场奇特的、慢速而徒劳的舞蹈。这是你最好的休息。只要摘下眼镜，你便同世界拉开了距离，便可以好好休息，便可以拒绝一切。世界，失去了滑动的形状，失去了滑动的距离，在我眼里显得更加精致，更加从容，也更加富有意味。从某一时刻起，我常常迷路这一事实也开始令我欢喜。与人们的交往变得更加困难，但也更加美好。有时我不得不戴上眼镜，那时我会感到自己正站在门后，感到“自己并非孤身一人待在家里”，感到有人正通过钥匙孔窥视，正如我通过钥匙孔窥视一样。鼻梁上架着眼镜，我偷看这世界，并不是因为世界有什么秘密，而是因为有必要自我防卫，有必要自我庇护。

从这个小提琴状的孔眼里，我看到许多事物变了模样……真是难以言传……比如，有一天我看到了苏珊娜。她常来我家洗澡。浴室门的钥匙孔比其他房间的都要大一点，总是由一个黄铜盖罩着。苏珊娜知道家里就我一人，而我在和小狗玩耍，但她还是锁上了浴室门。她从门上拔下了钥匙，可偏偏忘了扣上盖子。要不是觉得这扇门的眼睛老远就对我闪闪发光，恐怕我也就无动于衷地走过去了。我靠近浴室，清楚地看到了雾状的蒸汽呈现着朦朦胧胧的绿色，从浴盆里袅袅升起，犹如从一个在火上烧得沸腾的罐中升起。流动的、波浪形的水汽的舌头温暖、湿润而又稠密，从中露出了苏珊娜美丽的、有几绺头发贴在前额的头部，粗壮、通红的脖子以及特别肉感的肩膀。接着，从舞动着向天花板升腾的雾气中苏珊娜站起身来，尽兴尽致地往身上涂肥皂沫。她那硕大无朋、一丝不挂的身体使我差点透不过气来，在熏香景致持续后，我浑身发软，没有一点力气。虽说苏珊娜不是什么胖子，她的身体却巨大无比，就像油画《劫夺萨宾女人》中的女人。

我曾长时间地观看着画册中的这些油画，实在纳闷那些男人为何要抢劫几个如此之胖的女人，为何不去找一些苗条些的。她的身体，像所有从钥匙孔中望见的东西，蓦然增大，笼罩在一片发出特别的嘘嘘声的静谧之中。她胸口的肿块使我不禁觉得她得了什么病，或者有生理缺陷，或者她原本就是个野兽，可谁也没有发觉。透过舞动的蒸汽的帘子，我看到她那如果子露一般粉红的腹部下方有一小块呈淡棕色，然后又变成黑色的吓人的东西，这块东西让我胆战心惊，羞愧不已。我曾一度认定只有苏珊娜才有那东西，因为在书本的照片中我从没见过类似的东西，我的所有洋娃娃中也没有一个长着这种东西的。可怜的苏珊娜，要是哪个男孩看见她，肯定会笑话她，会离她远远的，谁也不会爱她，因为她是个动物，身上竟然长毛……蒸汽包围着她，缠绕着她，犹如烟雾缠绕着一支螺旋形的蜡烛，从各个方向爱抚着她。而她，一副无动于衷的样子，涂着肥皂，用海绵毫不留情地擦着身体，就像擦地板似的，然后，又款款地、沉沉地躺到浴盆的水中，就这样一动不动地待了很久很久，两只眼睛直勾勾地盯着钥匙孔，正好盯着我那不知羞耻、窥视着她的眼睛。

一阵从未有过的恐惧攫住了我的心。我真想狼狈逃窜，但又实在没有勇气离开钥匙孔，唯恐钥匙孔摆脱那只黑色、丑恶的眼睛后，骤然发亮，反倒会引起她的注意。苏珊娜静静地盯着我，而我的心在狂乱地跳动，耳朵也嗡嗡直鸣。苏珊娜拔出塞子，开始一边唱着什么歌，一边用小拇指使劲掏着耳朵。我径直朝花园奔去，躲到几簇精致的白色百合花丛后面。这些花丛长着一些粗粗的、带有球冠的植物针，花球里饱含着橘黄色的花粉。过了好一会儿工夫，她才从浴室中走出来，身上裹着一件薄薄的光滑的真丝绣花睡衣。她大声叫我，让我用电吹风帮她吹一吹颈项，而她则拿起电话和一个男人聊天，一任遮住她上半身的睡衣往侧旁滑落，首先露出一只肥硕异常的乳房，然后是一条白得像鱼肉似的大腿。她就这样在电话中聊着，不时发出吃吃的笑声，还总是说着“亲你，亲你”、“盼望能早日见面”之类的话。那一刻，也不知为什么，我觉得她的所作所为实在是厚颜无耻。

苏珊娜的裸体至今仍清晰地留在我的记忆之中。从那之后，我觉得自己再也没见过更令人惊愕、迷人心窍、更健康、更洁净、如玫瑰花露一样粉红、似鱼肉一样白皙的肉体了。在以后的日子里，我一直寻找着她的裸体。我曾试图在初夏的海滨寻找。周围的姑娘和女人们急切地盼望尽快让自己的皮肤穿上金黄色的阳光服。我悄悄地、轻率地望着她们那几乎全裸的身体，心中感到一阵莫名的失望。

后来我再也没有见过苏珊娜，因为她离开了我们的城市，我只在电话里和她通过一次话。同她说话的时刻，我的想象中闪出了这样的画面：她跷着腿坐在那里，这时，光滑的真丝睡衣款款地、柔柔地滑落……

现代书信[1]

写信的技艺在于激起情感，在于回忆起往昔，在于再经往昔的一天、一刻，乃至一瞬间……

[英国]
弗吉尼亚·伍尔夫
张禹九 译

1 此篇写于 1930 年。——里奥纳德·伍尔夫（原书编者）注

作者简介

弗吉尼亚·伍尔夫（1882—1941）是英国女作家，代表作有《达洛维夫人》《到灯塔去》《雅各布之屋》等。其小说创作被认为注重描写内心对生活的瞬间感受，并采用了意识流的手法。

这篇随笔选自里奥纳德·伍尔夫（弗吉妮亚·伍尔夫的丈夫）所编的弗吉妮亚·伍尔夫的随笔集《船长临终时》。里奥纳德·伍尔夫在该集子的编者按中说本集里的随笔“在优点和造诣方面跟以前已出版的并无差别。写于她去世之前的二十年中的不同时期”。

译文原载于《世界文学》1999年第1期。

在常事之中以此事最为突出——写信的艺术已经消亡；它在免费邮寄的时代十分繁荣，在一便士邮政制之下衰落下去，又遭到电话的致命一击——现已奄奄一息。不妨观察一下这桩明明白白的常事，研究一下当今的邮件，不妨将当今迅速草就、字迹各异、写在薄纸上的信同当年那些在邮路上要走一周或一个月、因此字迹更清秀、纸张在手指的摩挲下至今仍发出清脆之声的、也写得更加堂而皇之的信比较比较。

旧时的信与现今的信当然有某些重要的区别，写旧时的信花的工夫更多，亦即花的时间更多。可我们有必要认为多花工夫和时间就一定有百利而无一弊吗？那时的信是写给人看可又不是只给一个人看。它尽了最大努力要对得住它所花的邮资。信寄到是件大事。信，不是为在五分钟后就扔进废纸篓，而是要传阅，要大声朗读，然后还要放在家里的信件盒里保存起来的。这些都无疑是精心谋篇布局、润色句子、妙论琐事、遣词造句以及推敲论点、讲究书法家式的艺术的诱因。威廉·坦普尔爵士[1]想知道多萝西是否无恙，是否愉快，想确定她爱自己，但是很难断定坦普尔是否像我们这样喜爱她的那些书信。人们认为，霍瑞斯·曼[2]爵士

1 威廉·坦普尔（1628—1699），英国作家、政治家。

2 霍瑞斯·曼（1701—1786），驻佛罗伦萨的英国使节（1740—1786），霍瑞斯·瓦尔波尔的好友。

或韦斯特[1]或格雷[2]并不急于撕开瓦尔波尔[3]寄来的那些厚厚包裹上的火漆封印。人们可以想象这几位是等到生起旺旺的炉火，有了一瓶葡萄酒，来了一群朋友，然后才开始高声朗读那俏皮、令人高兴的篇章，同时又很有把握地相信任何不宜公开的私事信里都是不会说的——实情恰恰相反，如此这般的妙语，这般的优雅，这般众多的奇闻逸事，单单给一个人看实在太奢侈，应由大家共享才是。

杰出的书信作者多半是生不逢时和备受压抑的小说家，失意的随笔小品文家。若在当今，多萝西·奥斯博恩[4]会成为一名极好的传记作家，而瓦尔波尔则会是我们最出类拔萃而多产的报刊撰稿人之一——这对世人来说是损是益尚难分说。无可置疑，他们把一种产生于特殊环境的特殊技艺推展到了极致，可接着要说——我们批评成性，动辄據下断语——他们的技艺才是写信的技艺，而我们已将其遗忘，说我们的技艺由于跟他们不同所以根本就算不上技艺，这样的悲观和自我贬低，似乎又大可不必了。

1 韦斯特似指在英国的美国画家本杰明·韦斯特（1738—1820）。

2 托马斯·格雷（1716—1771），英国诗人。

3 瓦尔波尔（1717—1797）是罗伯特·瓦尔波尔（1676—1745）的第四个儿子，曾于 1739 年到 1741 年同托马斯·格雷在法国和意大利旅行；其书信具有极高的文学价值。

4 多萝西·奥斯博恩（1627—1693），1655 年与威廉·坦普尔结婚。她在 1652—1654 年间写给后者的书信集于 1888 年出版。

在此当然应一劳永逸地确定几条写信原则。不过既然亚里士多德未曾做到这一步，既然此种技艺一直无名无分，是勉强糊口的把式，而如果判定其行文走笔含有构思或意图在，个中的行家里手则会义愤填膺，所以还是不把这些原则挑明更为合宜。我们不妨不带尺码标准便来检查检查当天早晨的信件吧，来检查检查多因偷懒而并非为后代保存记录便乱七八糟地被扔进破旧抽屉的另外一些早晨收到的信件吧。这些邮寄来的信都是由某人寄给某人的，先被投进信箱里，然后放在早餐桌上——如此而已。首先，这些信写得很糟。是否应怪罪发明了自来水笔姑且不论，但如今，能看到字迹工整的信实属是件稀罕至极的幸事。况且，无共通的笔法可言，这里一斜那里一歪，几乎全都潦潦草草。信纸也大小不一，有蓝色有绿色有黄色，大多质量低劣，上过一层光，过不了五十年肯定变质。这种随心所欲冒冒失失的特征也反映在文体上。一看便知毫无文体可言——写信人自行其是。多因急需而写信。写信的人忘记了某事，或想了解某事，或想查问某事，或必须提醒某事。没准再加上一句，说说天气，以加重分量；潦潦草草签上大名的字首字母，马马虎虎倒贴上邮票，信就发出去了。这件事全然是功利主义的行为。

此外，还有些信——虽不常见——大多是从国外写来的，抱着多年来的愿望，想与老友联系，说说奇闻，简短地道一道私下谈话里会说的事。而今，有个朋友在西班牙的一家旅馆里混日子，有个朋友在意大利旅行，有个朋友在印度定居，这些已成为当年在奥尔尼[1]的考珀[2]写信给在巴思[3]的赫克特夫人的故事的最新样本。然而两相比较差别又何其大啊！首先，谁也不会在一些杂七杂八的人面前贸然读一封现代人的书信，即使是从仰光寄来的也不行。不知道往下会读到什么呢。现代书信的作者是很不谨慎的。笔下几乎肯定会有令人不快的措辞。信需先加以仔细订正才能大声读给朋友听。再者我们的习俗容许极大的言论自由——用语非常通俗、粗鲁，也太欠修饰，所以有隔代的人在场我们还真不好意思拿出手来。真挚可能被误认作粗鄙。再者，现代书信的作者对文学的形式与仪规十分漫不经心，所以篇篇章章经不起大声朗读的严峻考验。另一方面，这些书信的隐秘性亦即亲密性使得这些书信能即时引起兴趣令人激动，为老式书信所不及。它们里面没有要晓谕天下的新闻，因为报纸已使其成为多余了。信是只写给一个人看的，写信的人也有些缘由希望专门写给他或她。其目的是隐秘的，其音信是亲密的。所以它是个遽然可陷人于麻烦境地的凭证，不能将其夹在家用《圣经》里而应放在上锁的抽屉里才合适。

---

1 在英国。

2 威廉·考珀（1731—1800），英国诗人。

3 在英国萨默塞特郡。

于是这些有着不少缺点的信就被乱七八糟地塞在那里——今天的压在昨天的上面，如此这般，不加签条不作分类，有了就放。年深日久，越积越多，信几乎要把几个抽屉撑破了；写信的人有的已不在世，有的已消逝，有的已不再写信，如何处置这些信呢？我们不妨很快地查看一遍，看看是否还没有到该将它们付之一炬的时候。然而一旦开始浏览探究，读读这封，看看那封，处置之事便又全然置之脑后了。翻过一页又一页。有邀请参加宴会的信函，已时隔十载。有要求归还遗失雨伞的明信片。有为几盒水彩颜料道谢的小孩的信。有关于建房造价的核算。有冗长、失控、数也数不清的信函，全是有关某人似乎不愿与某人结婚之事，翻检至此，那感觉实在难以描述。人们可以肯定地说，他们又一次听到了某些人的声音，闻到了某些花的香味，又回到了意大利，回到了西班牙，又一次厌烦至极，又一次万分不快，又一次无比地激动。如果写信的技艺在于激起情感，在于回忆起往昔，在于再经往昔的一天、一刻，乃至一瞬间，那么这些无名的通信人尽管写得匆忙而随意，或嘲笑谩骂或傲慢挖苦，或对日期和年代细心合计，他们大都全神贯注于眼前的一刻，而全然不顾后代对他们的看法，却将考珀、瓦尔波尔以及爱德华·菲茨杰拉德[1]打得惨败。是啊，怎

1 爱德华·菲茨杰拉德（1809—1883），英国文学家、翻译家；其书信极富文采，于1889—1901年间出版。

么处置这些书信呢？仍然是个问题，因为人们展读之下，有一点再清楚不过了，即由于一便士邮政制和电话的出现，写信的技艺现已到了这样一个阶段：其技艺不但没有消亡——这是对写信技艺的定论——而且活跃到不怎么适于付印出来的程度。我们当今写得最为精彩的书信恰恰是那些压根儿就无法刊印出版的书信。

求爱万象

在令人惊叹不已的大千世界中，肯定不会再有其他任何现象更能使造物主如此惶惑莫名了。在她所创造的芸芸众生中竟没有一种女人真正在乎过男人，事情就是如此这般！

［美国］詹姆斯·瑟伯
龚东风 译

作者简介

詹姆斯·瑟伯（1894—1961）是美国现代最著名的幽默讽刺作家和漫画家，曾任《纽约客》编辑，代表作品有《当代寓言集》《当代寓言续集》等。他常常被令人费解的两性大战所吸引，对求爱持揶揄的态度，在1939年为《纽约客》撰写了本文。如果你熟悉他笔下的著名人物瓦尔特·米蒂，你会理解本文和《性不可或缺吗》等书以及《雄性动物》等剧本所刻画的瑟伯眼中的美国男人。

译文原载于《世界文学》2005年第5期。

在令人惊叹不已的大千世界中，肯定不会再有其他任何现象更能使造物主如此惶惑莫名了。在她所创造的芸芸众生中竟没有一种女人真正在乎过男人，事情就是如此这般！在过去的数千万年岁月里，造物主永不懈怠地发明出种种方法使男士对女士更有吸引力，但从海洋环节动物到男人，所有求爱这种好事，就像情节复杂的音乐喜剧一样，进行得步履蹒跚。我一直在研读《大英百科全书》第六卷（从 Cole 条目到 Dama 条目）中的这则令人伤心而又引人入胜的故事，在这一卷，你会学到有关蛐蛐儿、棉花、服装设计、鳄鱼、皇室珍宝和柯勒律治的知识，但这些条目都不如动物求爱有趣，它详细介绍了所有男人必须唤起女人兴趣的漫长而忧伤的历程。

我想，人人都知道，造物主让男人长胡须是基于这样一种稀奇古怪的想法：这些玩意儿很能迷住女人。然而我们也都清楚，胡须只能使她神经紧张、悒悒不乐，远不能让她趋之若鹜，于是男人不得不靠翻筋斗、骑马长矛劈刺，或表演些室内魔术等杂耍来赢得她的芳心，他还要送她些糖果、鲜花和锦裘貂裳。众所周知，尽管有这些示爱把戏，男人还是常常要吃闭门羹，遭羞辱，或被赶出房门。不过，如果他发现身披羽衣霓裳的孔雀的求爱历程也并不那么一帆风顺时——世上男人都这样——心里也许会好受些。事实上，在一开始，孔雀女只对求婚者美丽的大尾巴有那么一点点动心，不过在他兜圈子摇尾乞爱时，她却常常平静地自个睡大觉去了。《大英百科》告诉我们：孔雀男实际上需要掌握那么一些小窍门把她弄醒，并重新激发她的兴趣，于是他得学会振动他的羽毛管发出沙啦沙啦的响声。古时候，男人们观察到孔雀的如此高招后可能也设法振动自己的连鬓胡沙沙作响，如果真是如此的话，那就枉费心机了。他得干点别的什么，于是在其他花招之中，他选择了送礼物。这一灵感来源于靠摩擦作声但徒劳无功的苍蝇和飞鸟的锦囊妙计，并非是没有可能的。

舞蝇科的一种苍蝇在无计可施之际最终发现了一种特别妙的招儿：他千方百计弄出一个亮晶晶的比他自己个头还大的透明球，并往里面放进甜食、蜜饯和其他种种美味珍馐，然后把这个精心炮制的包裹空运到他心仪的女郎跟前。她只惊喜一时，最后便腻味了，她傻乎乎地索要一些带颜色的礼物，那些虽不能吃但布置在房间里看上去很美的玩意儿，于是乎这位舞蝇公子就得四处搜罗花瓣啦、亮纸片啦放到透明球里。在求爱飞行中，他眼下的斩获可是实在不少了，但很难称得上长乐未央，说不定哪一阵子苍蝇女会强求分量更重的聘礼，如古罗马硬币或领口的金扣儿，更有可能的是，总有一天，舞蝇的求爱会因无法承受之重而失败，正像男人们常常遇到的那样。

园丁鸟这家伙花去大量时间来追求女人但从未如愿以偿。如果天下所有的园丁鸟公子在未来的十或十五年内全都变成了神经兮兮的倒霉蛋，那么我都不会感到意外。园丁鸟小姐坚持要为她建一个陶陶园并在入口处加盖一个结构别具一格的花亭，这个新居比起不起眼的陋巢要匠心独运，这自然要难建许多，而且也耗资不菲。鸟女子的大驾是绝不会轻易光临陶陶园的，除非男子在里面放满许许多多厚礼：银闪闪的树叶、红彤彤的树叶、玫瑰花瓣、贝壳、珠子、浆果、骨头、骰子、扣子、烟纸圈儿、圣诞节贴笺儿，还有老天才知道的别的什么玩意儿。最终鸟姑娘屈尊光顾陶陶园，该小姐娇嗔嗔、羞答答、意痴痴，需要有人在花亭里追进追出，让人在园子里被撵得上蹿下跳，然后本小姐才止住咯咯笑语，静静地逗留那么一小会儿，甚至可能让他握一下香手呢！自然喽，鸟男人早在追逐嬉闹之前已搞得筋疲力尽，三个小时之后，会大骂“去他娘的”，然后回自家睡大觉，当然，第二天他会给其他鸟女子打电话并同她重新开始另一轮炼狱般折磨人的例行仪式。园丁鸟男人就像夜总会的常客一样，在他三十而立之前，就被折腾得憔悴不堪。

男招潮蟹的日子则相对轻松许多，但很难说他坐姿优美。他有一只极其硕大强健的螯，常常是五彩斑斓的那种，你可能会认为他只要伸手抓住一些过路的美妞儿，就可搞定一切。远古时期的招潮蟹可能干过这等蠢事，但他们如果真是如此粗鲁无礼的话，挨耳光的滋味可够受的。蟹小姐是无法容忍这些野蛮的蠢货的，况且她从来没有，现在仍然没有打算开始谈情说爱。为了吸引俏娇娘，这厮踮起脚尖，在空中挥舞自己的巨螯，如果左邻右舍有个把宝贝儿来了兴趣（当然你会惊讶地发现许多淑女对此举竟然无动于衷），凑过来同他稍微来点打趣逗乐，而这是他所不“感冒”的。一天当中可能有多达上百的俏娇人儿同他这样一起消磨时光，然后接着忙活各自的活计。经过这么一个累死累活、平淡无奇的求爱日之后，等夜幕降临时，这厮在空中不断挥舞着大螯，连续踮着脚尖已站立了八到十个小时，样子已凄惨不堪。然而，正像天下所有物种中的男人一样，他第二天一大早又从床上爬起来，匆匆用水抹一把脸，一切从头再来。

下次假如遇到一个雄性结网蜘蛛，你停下来，深思后会明白他一直在为终身大事殚精竭虑，根本不会有袭击你的欲望。在动物世界里，雄性结网蜘蛛的生活要比其他任何雄性生物凶险许多，因为雌性结网蜘蛛的眼睛深度近视。如果一个蜘蛛男爬上蜘蛛女的网窝，她会误认为是一只苍蝇或者大黄蜂稀里糊涂地闯入了圈套，如此一来，这家伙还没来得及放下文明杖，也没等脱下白手套，就被她干掉了。在这些家伙们找出解决这个难题的方法之前，好几百万的蜘蛛男已经在他们要拜访的女人手里一命呜呼。男人当然需要在女士面前表演一些舞蹈项目，可是等不到这厮近距离接近该女士，并足以让她看清楚自己是何方神圣，了解自己有何贵干，该淑女便会手拿烙铁和园艺大剪刀对他发动突然袭击。一天晚上——谁也说不清究竟是哪一天——一个绝顶聪明的男蜘蛛彻夜未眠，为如何成功拜访一个女郎而忧心忡忡。该女从没歇着，一直在四处杀戮求婚者，在他看来，以手舞足蹈那把戏作为求爱方式除了等于自掘坟墓以外，不会给任何人带来任何好果子吃。他于是决定拉拽蛛网，也就是摇晃蛛网的拉线。第二天，他就拿其中一个女近视眼做实验。他没有贸然登门造访，而是待在网外，一开始利用其中一根蛛网拉线搞鬼，他颇有节奏地把那根丝线上上下下、里里外外地左拉右拽，弄得女孩儿神魂颠倒。这种小夜曲效果神奇，女孩竟然留他一条活命。不过据对《大英百科》一书中蜘蛛条目做过观察研究的人士报道，这种玄招并不总是百发百中。时不时地——现在依然如此——会有淑女让求婚者尝三颗枪子儿或者手拿菜刀追得他鸡飞狗跳。当那苦主儿在网外的拉绳上拨响第一声缠绵低沉的音符时，就不断受到该小姐对他发出的死亡威胁，不过等到他已经围绕着中央帐幔弹奏起激越高昂的曲调时，他正在大获全胜。一般来讲，小姐会饶他不死了。

即使像蝴蝶男这样英俊潇洒的小伙子也无法仅仅靠飞来飞去地炫耀自我来赢得女郎的欢心，很多蝴蝶的翅膀上还得带有香鳞片，蝙蝠蛾随身的香皮囊中就装有一个粉扑儿，有美人儿经过时，就向她们喷香水。一种叫作中华树蟋的男性树蛐蛐儿，比蝙蝠蛾玩得更绝，他随身携带一小瓶美酒，好让那些他所中意的美眉们啜饮。有一种男蜗牛还会投射尾刺挑逗姑娘们开心。从一长串动物名单中，不难发现从毛毛虫和它的原始舞姿到男人和他的礼物钻石及蓝宝石，天下男人概莫能外：雄鹊鸭飞过湖面时用脚丫子撩起水柱，蝙蝠蛾随身携带粉扑儿，中华树蟋怀揣着酒瓶，男人奉献雕琢之宝，自古至今男追女的热望和自古至今女人需要被男人宠着哄着、服侍得舒舒服服的热望，其中滋味既欢愉又忧伤。凡界所有的生灵当中，可以被公认为在求爱中加入一种戏谑成分的，非塘鸭和其他一些潜水鸟莫属：求爱的塘鸭经常先不声不响地潜入湖底，然后猛然“嗖”的一声从离女朋友几米的地方冒出水面，溅得她满身是水，她似乎确凿相信这纯粹是一种地道的求爱表演，但我倾向于认为他总有那么一丝要淹死她或吓死她的念头。

《大英百科》还讲到了一种山鸡的故事，我将以此结束本次对令人痛心的男人求爱重担的研究。情况好像是这样的：公山鸡在母山鸡面前表现自我时，该女纹丝不动地站着，连根羽毛都不肯动一下（如果几年前你看过《孟夏之月》这部片子，并且还记得那位作曲家对着自己表情冷峻的老婆吟唱《蒙大拿的月亮》，而她却岿然不动的一幕时，你多少会领略到那母山鸡对她男人的卖弄最有可能作何感想）。《大英百科》谈到：公山鸡和另外一家的女郎一同被关进笼子，该女不停地走来走去，把烟灰缸倒空，还一直在摆弄灯罩，结果呢，他一气之下扬长而去，开始对着自己的饮水槽顾影自赏。这使我想起我熟人中的某男（自然是人啦），有一天晚饭后，他请求太太放下侦探杂志，好让他念一首自己非常喜欢的诗给她听。她一直相当安静地坐着，正当他兴致勃勃地、全神贯注地吟诵到那玩意儿的正中间时，突然听到一声响亮的令人难堪的巴掌响！原来书呆子在卖弄穷酸时，老婆却一直在密切关注一只兜着圈子飞的蚊子，并最终用双手将它拿下。见此情形，老公并没有悻悻然扬长而去，然后面对着饮水槽自我表现，而是走到蒂姆饭店，猛喝一通，接下来对着伙计们朗读。我敢肯定，他们都会向人们倾诉各自的表演被婆娘们打乱的苦涩经历，我还敢肯定他们最终以吟唱“宝贝，宝贝，哎呀呀！”结尾。

懒惰

不，我们不需要疗养院，更不必根治懒惰。让懒惰自行发展，自行巩固，让懒惰驱使人类朝着他已追求了数百年的美好目标前进，那目标就是——什么也不做，而又应有尽有。

［俄罗斯］

苔菲

张冰 译

作者简介

苔菲（1872—1952），俄罗斯女作家。本名娜杰日达·洛赫维茨卡娅，她写过诗歌、剧本和小说，尤其以她的幽默短篇小说闻名。主要作品有小说集《即便如此》《旋转木马》《彩画的高度》《东方》等，长篇小说《冒险小说》及诗集《西番莲》等。

苔菲出生于圣彼得堡一个知识分子家庭。父亲是著名的犯罪侦察学教授，她的姐姐米拉·洛赫维茨卡娅是著名的女诗人。她写过诗歌、剧本和小说，尤其以幽默短篇小说闻名，在十月革命之前为俄国各阶层人民所喜爱。

作者说“懒惰是所有文化之母”，作者还说“中国人往往捂着脸笑”，不信你自己读。

译文原载于《世界文学》2004年第1期。

有一天报纸上忽然登出一条短讯，说什么人发现了懒惰菌，还说有人甚至打算为懒汉建一所专门的疗养所，那里可以用疫苗注射治疗懒病，一旦连这些手段也不管用，还可以手术割除懒汉鼻子底下长的那条懒腺。

如果这条消息属实，就太可怕了！

这将是人在其对待懒惰问题上的最后一次不公正。

陷于迷惑中的人，对人生来即具有的这种最美好的自然品质百般诋毁，把它说成是人的缺陷之一，诅咒它是万恶之母。

上帝在斥逐亚当时，曾经诅咒说，亚当将挥汗劳作终生不已。

假如亚当本是个勤快人，那他就只会嘿嘿一笑，说：

“挥汗劳作？这样的赏心乐事我怎么会不干呢？这太符合我的天性了，不用您诅咒，我自己本来也宁愿采取这种消磨时间的方式呢！”

可是亚当并没窃笑，也没高兴，而上帝的诅咒也真的成了一种惩罚，因为它击中了亚当生存最深层的根基——那就是他的懒惰。

假如人生来不懒惰的话，一切就不会是这样了。人就会用十指刨地，让土地长出荆棘和杂草来。

可是直到人的第五代，终于，人类第一个懒汉福维尔诞生了，他说：“我可不愿用手刨地，我懒得刨。得想个什么办法，能少干活，多收成。”

于是，他锻造了头一把铁锹。

而第二个懒汉却觉得，就连铁锹也很费力气。

懒啊！

于是，马被套上来帮忙了。

等到蒸汽机发明时——那是世界各国懒汉们欢乐的节日呀。

“嗯，现在可好了！”懒汉们欢呼。“活儿我们是干够了，现在让机器替我们干活吧。让我们趁此机会好好歇一歇，抽支烟吧。”

于是，在机器的轰鸣声中，全世界到处跑起了机车。

每个懒汉都绞尽脑汁、费尽心机、处心积虑地想把自己那个部门的劳动强加到机器身上。

“要是只需动动指头，一切就都已为你做好了，那就好了！”

因为一个真正有头脑的、货真价实的懒汉，不是在为自己，而是在为他人懒呀。

如果给他机会让他高卧歇息，却叫别人为他卖力，那他一定会因为别人的懒惰而萎靡不振、憔悴不堪的。

谁要是曾经自觉地体验过这种强大的感情，谁也就会懂得，正是这种惰性推动了人类进步。

一个懒汉眼望着街道，他看见一个人正拖着疲惫的双腿踽踽而行，看样子，他已经走了好远的路，或许他还得走很远很远。

“他咋就不犯懒呢？何不发明个运载人的机器，跑起来又快又省钱。”

喏，你瞧，实际上，一辆电车已经预约好了，就等着一个头脑更敏锐、懒劲儿更大的主儿了，此人不仅善于幻想，而且，在奔放激情的支配下，发明了电车，从而履行了这一约定。

当电动机车被发明后，懒汉们围绕着它们举行了盛大的狂欢节。电可以给懒汉们照明、供暖、做工、解闷、泵水，还可以说话。

懒惰统治了整个地球。它给大地铺上了铁轨（懒得走路）；拉上了电话线（懒得写信）；安装了无线电报的天线（懒得架电线）；就这样懒惰还嫌不够，它还在寻找新的发明，还在继续往前走。

当代世界为我们展现了一幅各种热火朝天的工作蒸蒸日上的景象。工厂烟囱在冒烟，马达在欢唱，机车在轰鸣，车轮在飞转。

这是什么？这不竭的能源从何而来？

我们懒得干呗——还能从哪儿来？

如果我们仔细观察一下周围，就会发现——我们已经被我们不可救药的懒惰的产物包围了。

就拿织布厂来说吧。它的产生，不就是因为娘儿们懒得织布嘛。而纺织厂，因为人们懒得纺织呗。

你们一定要问：如果需求增长了，怎么办？

如果是个勤快人，他的勤快只会随着需求的增长而增长，至于各种投机取巧的伎俩，譬如如何能少干多得，则就是懒惰——

万恶之母了。

比方说您回到自己的家。送您上楼的电梯，就是个懒汉发明的，他不羞于承认自己懒得爬楼梯。您用法国钥匙打开家门，那钥匙又是谁发明的呢——是一个懒得去叫仆人来开门的家伙。您打开电灯开关，那开关是一个非凡的懒汉发明的，他懒得打发人去取煤油灯。

从前孩子犯懒是要挨打的。可是打孩子，谢天谢地，起不了什么作用。或许有一天，一个孩子忙得忘记及时敲石取火了，于是便发明了一种改进的办法，从而大大减轻了以前专门由孩子干的乏味的劳动。

然而，如果人们大张旗鼓地着手坚决彻底根治懒惰的话，那一切就都完了。那样一来，一切就该停滞了，甚至还会倒退呢。

“我不怕，”商人说。“不就骑马从诺夫戈罗德到莫斯科打个来回嘛，时间来得及。”

“用手缝衣服我勤快着呢，”裁缝说，“要机器有啥用？”

“爬六楼有什么，织布就织布，只要手勤肯卖力，出的产品更干净。”于是，人人勤快干活儿。

恐怕好多人都想根治懒惰，因为懒惰给人带来许多苦恼。

比方说，我家有一把安乐椅，上面的椅套破了。可我小心翼翼地向众人隐瞒了这一情况。我把破洞用毯子盖好，又把客人，尤其是那些眼尖的客人，径直安顿在破的地方坐。为什么呢？因为一旦客人发觉，就会建议我换椅套。试问，我怎么做才能更省事一些？然而，此事如果遇上一个真正的懒汉那就不同了，因为他知道只要他一句话不小心说漏了，就会搅得鸡飞狗跳，到那时，你的生活也就无乐趣可言了。

那好吧，我换椅套，我同意这么做了。可你们知道这会怎么样呢？喏，会这样，我对仆人说：

“去，去给我找蒙面工，他就在街角那儿住。”

仆人去了又回来了，说蒙面工不在，明天早晨还得再去一趟。早上她去了，把蒙面工找来了。蒙面工问，椅子包什么皮套，并说他这就去拿样子来。

“别拿样子了。你觉得什么合适就用什么吧。”我说道，心想他这是又要打个来回。

“对您怎么着都方便，对我可不，那皮又不是从我自己身上剥下来的。”说着，他就去取皮样了。

随后，他来了一趟又走了，旧椅套给撸了下来，尘土飞扬，乱毛飞舞。套上有许多钉子，他一个一个起出来，有个小男孩给他打下手，而他的老婆管打扫。然后裁皮子，量尺寸，然后就又去了来，来了去……所有这一通忙乱皆由我那拥有一把完好座椅的愿望而起，而这个愿望并非那么强烈，那么急迫，那么令人欢喜。喏，难道这不烦？

不，这我可不干。我觉得，最省事的，莫过于发明一种机器，靠这部机器帮助，那椅子自己就会跑到某个专门工厂去等着换椅套。

不，我们不需要疗养院，更不必根治懒惰。让懒惰自行发展，自行巩固，让懒惰驱使人类朝着他已追求了数百年的美好目标前进，那目标就是——什么也不做，而又应有尽有。

人所做的最后一件事，是树立一个巨大的方尖碑，碑顶部是一双交叠的人手和一句题词：

“懒惰是所有文化之母。”

布拉格一瞥——街头的母亲

在我看来，每位母亲都是美丽动人的，她头上没戴礼帽，却闪着金色的光辉！

［捷克］扬·聂鲁达
万世荣 译

作者简介

扬·聂鲁达(1834—1891)，捷克诗人、小说家、小品文作家。主要作品有诗集《墓地之花》(1858)、《诗集》(1867)、《宇宙之歌》(1878)、《民间故事诗与浪漫曲》(1883)、短篇小说集《小城故事》(1978)等，以及大量的小品文。

译文原载于《世界文学》2003年第6期。

是的，关于本年度妇女的时装，我几乎一个字也没有写。原因是，对我们男子的无情冲击尚未到来。我们正准备应对这第一次冲击。巴黎气象学家预报，这种打击将是可怕的、巨大的。巴黎的妇女，头上已戴着金色礼帽，实际上是用草编织的，然后用大量的化合物镀了一层金。帽上别着一只神鸟，或者一束鲜花。帽檐宛如一层淡淡的云彩。戴上这样的礼帽，就仿佛有一道金黄色的光环萦绕在头顶。

妇女的打扮，可谓花枝招展。礼帽的顶部，似乎有花儿不停地向下坠落。胸前有鲜艳的玫瑰。绿叶满枝的花朵，插在她们的双肩。阳伞的飘带上，也有花儿在晃动。腰间，衣衫，处处都是花。

这类装饰，对我并无多大吸引力。我所留意的，是布拉格街头妇女的另一种美。那就是研究“街头的母亲”。不是那些由青少年子女陪伴着的母亲，而是带着幼儿——人类的蓓蕾那样——的母亲。进行这种观察，真可谓其乐无穷！当然，不是每一位母亲都能带着这样有生命的花朵在街上漫步，这样的花朵也不是用金钱能够买来的。但是有的母亲却有，并且尽情地欣赏自己的小花。当我想看到那熠熠生辉的脸庞，就去观察那些幸福的母亲。你一旦见到如此幸福的母亲，也就了解了她们的全部性格了。从一同走着的小妹妹或弟弟身上，你也可以很好地观察那年轻的母亲。婴儿哭闹的时候最好进行观察了：小妹妹总是羞答答地跑到一边，母亲嗔怒着，抱怨着，止步不前，束手无策。人类花朵的伟大是如此不同，他们母亲的欢乐和骄傲又是多么千差万别啊！

保姆抱着用洁白的绒毯裹着的婴儿，穿着素雅而有风度的母亲跟在身后，那样庄重，那样自豪。她的颈项下别着胸花，上面是男子的小头像。过路人将头像同孩子一比较，准会殷勤地说：“长得真像啊！”这时，母亲可能感到受了极大的侮辱，可是连眼珠也不会转一下，让他去瞎比较吧。她径直走着，两眼紧盯着伏在保姆肩上东张西望的孩子。小孩的每一个表情，一眨眼，她都甚感兴趣。只要小孩子转身对她一笑，母亲脸上立刻会泛起随时准备着的一丝笑意，对着孩子挤挤眼，翘翘嘴唇——“呵，小心肝，你看什么呢！”孩子终于又笑了，母亲简直乐不可支。“喂，你快看，小宝宝又笑了！”保姆只好停下来瞧瞧——多么漫不经心的保姆啊！布拉格这个世界，街上的生活，母亲是毫不关心的。但只要哪儿车子嘎吱一响，她立刻紧张地死劲抓住保姆的肩膀。

孩子稍长大一点，就无需保姆同行了。由母亲自己牵着。她的神态要平静得多，那股天真劲儿消失了，表现出一种社会的庄重感。孩子胆怯地迈开摇晃的步子。母亲另一只手拿着鲜花或糖果，左右张望，领略着大都会的印象。突然，她俯身亲吻小孩丝绒般的脸蛋——你不知道，她为什么会这样。他们继续走着。一位陌生的人停下脚步小声地说：“多漂亮的孩子！”这时，母亲的头一动也不动，但脸上闪耀出太阳般的光辉，眼神更加活跃。行人无话可说，也要对孩子细声地说几句什么。慢慢地，孩子有几分倔劲了，不大听话，要独立行动。母亲放开手，跟着孩子的小步慢慢走着，或者要小家伙停下来，她的手向他伸着，看那位小王子是否愿意来握住。她漫步走在前面的时候，不时回头张望。她步履优美轻盈，如跳舞一般。她目不转睛地望着孩子，好像跳玛祖卡舞时两眼直视着舞伴一样。你走在她身旁，向她致意。她只顾以舞蹈般的步伐朝前走，根本没有注意你，听你的问候。在母亲欢乐的时期，孩子准会像“蜜糖”一样。不论多么爱打扮的妇女，总是将孩子装饰得更俏美。我们知道，布拉格妇女之间，有一种特别的习惯：两位妇女，带着不为人所察觉的傲气相遇，其中有一位会突然像遵命似的把头调过去，另一位则仔细打量对方的服装。如果是两位母亲，各自带着小孩，有一位也会调头观察对方小孩的衣着。今年，儿童时兴的服装是蓝色。孩子们真如同自蔚蓝的天空降下的小天使。

劳动阶级的妇女，给丈夫送饭，筋疲力尽，只好坐在塑像的阴影下休息。她背着的两岁女孩，在路上睡着了。母亲的背上，感到越来越沉重。她坐下来，望着熟睡的孩子。母亲没有戴帽子，小女孩头上有顶小帽，当然是又便宜又粗糙，不过上面也有宽宽的彩带和花枝。“为什么我的这个小宝贝不能穿时髦的衣服！”她看了看睡着的女儿，突然扭动身子，去亲吻孩子容光焕发的脸蛋。

你不知道，她为什么这样做？我情不自禁地说，在我看来，每位母亲都是美丽动人的，她头上没戴礼帽，却闪着金色的光辉！你赶快画下她那圣母般的面容吧，不过请勿添加上一道神圣的光环。这时，母亲提了提神，悄悄地说："你真是我的小心肝！"她抱起孩子走，是怕孩子出事，还是为了尽快让爸爸品尝这一顿粗茶淡饭，同王宫的美味佳肴一样可口？傍晚，她又将孩子抱到工厂门前，等爸爸下班出来，好把孩子交给他。爸爸接过孩子，整天同齿轮或斧子打交道的一双疲惫不堪的手，这时又感到有几分活力了。

最贫困阶层的妇女走过来了。这是对冷漠和自私的人类最沉痛的控诉。她失去了生活的希望和对正义的信念，目光中充满悲伤、疲惫和冷淡，给人一种强烈的无限凄楚的印象。她的身躯，像大病初愈后憔悴无力，衣履褴褛，像蜘蛛网在抖动。婴儿偎在她的怀中，全身也是用破布裹着。但人们还是感到，孩子比母亲穿得更略胜一筹。母亲在路上不时望望孩子，眼中没有一缕光辉。不过她也会俯身下去，亲吻小孩灰白的脸儿。但唇边没有细语，脸上不见笑容，可是也没有叹息。她，贫穷的圣母，比拉斐尔所画的圣母，显得更加崇高！

PART / 3

不带家具的小说

马可·奥勒利乌斯的凉鞋

现实中一次单纯的旅行会使你衰老。唯有现实理想中的一次旅行才能改变你，让你成为永远的青年。而现实理想便是艺术本身。

[罗马尼亚]
尼基塔·斯特内斯库
高兴 译

作者简介

尼基塔·斯特内斯库（1933—1983），罗马尼亚当代著名作家、诗人。主要作品有《爱的含义》（1960）等十六部诗集及《呼吸》等散文集。

关于那位古罗马皇帝的凉鞋，这篇四千字的散文只谈到了一句，大意是它和真的凉鞋一模一样，只是要大三倍。其实作者要强调的是艺术作品的第一特性——夸张。

译文原载于《世界文学》2000年第2期。

一

我首先洗了洗手，为了干干净净地触摸笔和纸。我特意洗了洗脸，着重洗了洗眼睛，为了看清写下的每个字母，守护好偶然和灵感（非神圣的）。我洗了洗心灵。

二

据说存在着一个旅行年龄，那就是青春期。当我自以为性格已经牢固形成，亲眼目睹了世上最最激动人心的风景——芬兰的风景时，我完全相信这一说法。我觉得自己已相当稳定，居然以哲学家的口吻，壮起胆子，喃喃说道："唯有头顶上的天空在变——而心灵永远不变。"

我凝望着遍布北方的大片大片的森林，那些森林为巨大而又孤独的岩石戴上了王冠。当一道道景色朝我迎面扑来时，我后颈上的那只眼睛却在连续不断地记录着滞留于布加勒斯特的情感那单调而又不安的波动。

过了很长时间我才明白青春期意味着你极易为自我以外的某

种东西所改变。过了更长时间我才意识到普通事物及其普通性，自然及自然性，还有真实景象，不管多么强烈，多么神奇，单凭它们那并不夸张、缺乏思想的存在，丝毫也引发不了任何意识的变化，顶多只能增加一些记忆罢了。

现实中一次单纯的旅行会使你衰老。唯有现实理想中的一次旅行才能改变你，让你成为永远的青年。而现实理想便是艺术本身。

三

在罗马，我再度来到了卡皮托利广场。广场中央当时高耸着马可·奥勒利乌斯国王的骑马雕像。我之所以写下“当时高耸着”，而非“高耸着”，是因为我太喜爱这座雕像所表现出的永恒的、崇高的思想了，以至于嫉妒得要命，竟希望这座雕像仅仅为我存在，仅仅为我所理解。它使我进入了恋爱状态。它改变了我的情感。它使我身心波动，伴随着一种奇异的占有欲，酷似河流对河床缓慢的独占。它让我变成了永远的青年。它强加给我一个真实的思想。

我面对着一种表现出来的夸张。

四

那匹马和马一模一样，只是要大三倍。国王的体形，和人的体形一模一样，只是要大三倍。就是这样！

一切都制作得恰到好处，纤毫毕见。马长着牙齿，国王穿着凉鞋。只不过牙齿要大三倍。凉鞋要大三倍。或者也许大三点一四倍，倘若王冠上的光线更少一些的话。

父亲的拉维纪草叶一般的眼睛，望着我的眼睛，对我意味着命的延续。父亲的拉维纪草叶一般的眼睛，比平时要大三倍，望着我的眼睛，这是天空的本质及其体现。

在马可·奥勒利乌斯国王那双大三倍的雕刻出来的凉鞋下，我忙乱地叫喊着。雕像制作让人无法明白，到底是它大三倍，还是仰望它的人小三倍。

公分母是那匹马。

五

夸张是艺术的第一法则。一棵树，若比周围其他树大三倍或小三倍，便成为一座自然纪念碑，亦即一件艺术品。爱它的人改变了自我。他通过爱接受了它，从而也改变了自我。或者，出于对树的爱，创造出一棵大三倍的树，从而也改变了对自然树木的爱，扩大一棵树，实际上意味着创立树的思想。艺术中，事物的思想并非普及，而是夸张。因此，艺术具有强度，而艺术价值主要依据艺术交流的强度而定。

六

然而，尽管大三倍，马可·奥勒利乌斯的凉鞋在其他所有方面都和其他任何凉鞋一模一样。

七

从情感角度而言，艺术在本质上接近，甚至，为了便于理解，可以同表达出来的恋人状态相提并论。

八

至于艺术品（头像、和声、诗歌）是类似恋人状态（欢欣、焦虑、哭泣）的表达状态。艺术品所引发的重逢愿望便可以作证。

这种愿望本身作为原型表达出了艺术的第一特性——夸张，通过真实的缺席而导致的夸张。

九

出于对马可·奥勒利乌斯骑马雕像的思念，我浏览了各种各样有关罗马的书籍。我在其中一本书里发现了一次通过诗歌而实现的重逢。米开朗基罗一五三八年重新看到了这首诗并将它搬到了卡皮托利广场上一座他构思的台基上。起初台基上还用金字刻上了一段民间传说。这段传说宣称，雕像重新自动变成金子之日，正是世界末日迫近之时。

换言之，这是罗马唯一一座大约建于公元一七〇年的名副其实的骑士雕像。

出于对它的思念，我多么希望看到发绿的铜像变成金子。但由于害怕它会随着世界末日而消失，我又真心祈求保留现在这样如拉维纪草一般绿油油的铜像。

十

在我看到米开朗基罗的《圣母怜子图》那一瞬间，我成了一个崇拜者。我看到了它，我哭了。但哭泣并没有让我轻松。眼泪自动流了出来，但并没有洗净我的面孔。

我试图逃离，试图变成他人，试图显出一副醉态，但我的名字开始在我身上发出嗞嗞的响声，仿佛箭头在火中烧得通红的箭镞，在无垠的田野里给牛打上印记。

十一

这唯一一件米开朗基罗署名的作品，在杰作大理石乳房间的大理石绶带上。

他将自己的名字当作压舱物一般署上。不然，大理石将失去重量，升上九天。

十二

没有任何比例上的夸张！或者幻觉是没有任何夸张。

然而，比纯洁还要纯洁三倍，比拥有还要威严，微笑的大理石，比女性大理石更加大理石。

大理石柔软了那男子！女人的大理石手指在死去的男人的大理石躯体上做出柔软的大理石褶皱。

男人的面部呢？从雕像的正面无法看见。

然而，所有雕像看不见的部分，米开朗基罗也雕刻了。“倘若有位天使在看它们呢？”他大喊。

从一个角度我看到了男子的面部，仿佛我在天花板上安上了一只眼睛。

满足后的哭笑。交媾后的忧伤。同蜂王遭遇后倒下的雄蜂。

蜜的大理石。

十三

看过米开朗基罗的《圣母怜子图》后，我成了一个崇拜者。《圣母怜子图》是个参考系。

进入崇拜意味着拥有一个尺度。譬如：眼睛是光的尺度。

十四

石头的变化状态可以通过雕刻实现。雕刻是触觉艺术。

上升到思想的触觉。有和无拥抱。目光和手指，指甲和视网膜。

十五

在“戴镣铐的圣彼得”大教堂，望着米开朗基罗著名的《摩西》，艺术中夸张这一课成为完全的教学法了。倘若说《圣母怜子图》中，夸张并非通过体积，而是通过非面相类型学表达的话，在这部迷人的作品中，夸张，正是采用了暗喻手法，既不属于体积扩张类（文学中，体积异步，同墨守成规的社会关系相对照，表现在《格列佛游记》中），也不属于面相扩张类（传统的暗喻法）。

这部杰作的神奇源于作者对创作材料观念的超常的服从。凭着直觉，我几乎活生生地感到，艺术家是如何根据他手中的大理石块而雕琢他的思想的。雕像的右肩极小，同整个结构不谐调。撇开时代的传统不谈，理想的模式下，它也只能被暗示。但这样，在专注而又动情的眼睛看来，对固定而又有限的艺术材料壮观性的服从让我们想到了元雕刻，想到了雕塑同材料本身的非同一性。负夸张，米开朗基罗《摩西》的右肩确定了第三种可能的夸张（倘若我们将夸张视作艺术的基本特性的话）：与艺术材料的虚假同一。

十六

看过这些以后，我不由得回想起了布拉格艺术博物馆中的毕加索厅。当时，十年前，我不喜欢。现在，十年后，尤其在我成为崇拜者之后，我终于能够细致清楚地表达当时那种排斥心理了。就说毕加索的立体主义时期吧（在布拉格博物馆有数十幅画代表这一时期），夸张功能失去了自己真正的特性。我们面对的并非现实的夸张，并非现实理想。我们面对的是夸张的夸张。

倘若艺术独立于作为工具表达艺术思想的材料的话：雕刻之于石头，绘画之于色彩，音乐之于声调，诗歌之于词语，那么当诗将诗本身当作表达材料时，我们面对的就不是诗，而是元诗了，诗是元语言，而真正的音乐是元声调。但一首元诗和一座元雕塑会完全超越人类的尺度。

我们将会面临学者忘记乘法口诀表的情境。

别忘了空气是那种能支撑翅膀的东西。

别忘了在一与一相加中，唯一可承受的夸张并非那种等于二的夸张，而是那种能将一与一相加的夸张。

不带家具的小说

大仲马说，人只需一种情感和四面墙壁即可演一出戏剧，他确实道出了一个伟大的原则。

［美国］
薇拉·凯瑟
黄梅 译

作者简介

薇拉·凯瑟（1873—1947）是美国女作家，代表作为《啊，拓荒者！》。她的作品以塑造拓荒时期令人难忘的美国妇女形象而闻名。凯瑟的作品结构匀称，节奏舒缓从容，文字清新优美。美国批评界认为她是二十世纪美国最杰出的小说家之一。凯瑟曾指出：一切艺术的提高过程全在于单纯化的过程，砍掉一切俗套和细枝末节而又不影响整个作品的精神。这一篇《不带家具的小说》以独特的视角，探讨了现实主义写作的问题。

译文原载于《世界文学》1988年第5期。

长期以来，小说中充斥着太多的家什器具。小说家像道具管理员那样在作品页面上忙忙碌碌。他们是那样重视具体物件及对它们的生动描述，以至于人们想当然地认为，凡有观察能力能用英语作文的人，就一定能够写小说。而且，其中后一条件还常常被认为是不必要的。

讨论小说时，人们必须首先弄清自己谈的究竟是娱乐性的小说还是作为艺术的小说，因为这两者分别以极为不同的方式服务于极为不同的目的。谁也不想把早餐吃的鸡蛋或早晨读的报纸弄成一种不朽的东西。旨在供大众消遣的小说也应仅只被看作有如是廉价的肥皂、香水或家具之类。大众是只求量而不求质的，他们不要“经久耐用”的东西，相反却渴求变化，希望迅速破损、随手可弃的新物品源源而来。因此，就为他们而写的作品而言，曲高反而和寡。难道会有人认为，倘若沃尔沃斯廉价品商店的橱窗里摆满一角钱一个的坦纳格拉[1]小雕像，它们就会比新嫁娘洋娃娃更得大众的喜爱？娱乐是一码事，艺术享受是另一码事。

任何堪称艺术家的作家都知道，他的“观察力”和“描述能力”只是他的智能的一小部分。当然，无疑他需要这两种能力，然而他明白，某些最不足道的作家也往往具有很强的观察能力。梅里美在

1 希腊城邦比欧希亚的一座古城，以古墓中出土的精致的赤陶小雕像闻名于世。

一篇论果戈理的著名文章中说："在事物的无数特征中进行筛选并表现本质的艺术，无论如何也比那种仅仅仔细观察并精确再现的艺术困难得多。"

存在这样一种广为流传的谬见，即认为"现实主义"只体现于将大量的实存物体分类记录，解释机械过程以及制造和贸易的方法，并一丝不苟、巨细无遗地描写生理感觉。但是，如果我们把现实主义视为作者对素材的一种主观态度，一种在他接受而非选择自己的主题时所含糊地表现出来的同情心和坦率胸怀，这岂不比其他定义来得更恰当？一名对妻子不忠的银行家，为了满足情妇的奢欲而去投机，结果身败名裂。这样的故事是否会只因绝妙地揭示了银行业和整个信贷系统以及股票交易的运转方式而增加其价值呢？当然，如果小说本身很单薄，这类描写确实可以在某种意义上增加它的分量——随便往秤盘上扔点鲜肉都能使秤杆倾斜。但是，银行系统和股票交易当真值得一写吗？难道这些事物真在想象的艺术中占有一席之地吗？

对这一问题的不假思索的答案就是提出巴尔扎克为例。诚然，正如瓦格纳力求在歌剧中准确无误地表现真实景象，巴尔扎克也在小说中努力再现真实景物，甚至达到了无以复加的程度。同时，他又是怀着一种发现新事物的激情和一种极热忱的、前无先例的好奇心来进行这种努力的。如果说明这样一座火炉的热力都不足以使那些家什器具变得坚硬实在、形象分明，其他人就更望尘莫及了。在纸上再现巴黎的真貌——屋宅、室内装修、食物、酒品、寻欢作乐、买卖经营、金融活动，等等——是个了不起的抱负，然而却毕竟不是艺术家的本行。他越是在纸上成功地堆砌起大量的砖石、灰泥、家具以及有关破产诉讼之类的描写，却反而越有违初衷。使巴尔扎克不朽的是他所创造的那些贪婪的、欲壑难填的、野心勃勃的，以及失去心灵纯洁的等等各种人物典型，这些人物至今仍像当初一样生气勃勃，但他花费了诸多心血为这些人描画的物质环境呢……读者的眼睛仅只在那上面一掠而过。自巴尔扎克以来，这种“室内装修匠”和“生意传奇故事”实在是不胜其多。巴尔扎克在纸上建造的城市已在土崩瓦解。史蒂文森说他想大段删去巴尔扎克的“陈述”，虽说他爱巴尔扎克胜过所有其他的现代作家。但是，什么人能把梅里美的小说删一句呢？又有谁想知道小嘉尔曼和她的女工同伴们制作烟卷的详情呢？是另外一种小说吗？是的。这难道不是更好的一种吗？

我们在讨论中自然要涉及另一个伟大的名字。托尔斯泰几乎像巴尔扎克一样，也是一位伟大的物品爱好者。他几乎同样热衷于如何烹调，如何穿着打扮，如何布置房屋，等等。然而，这里却存在一个本质的区别：在托尔斯泰的笔下，那些衣服、餐食及古老的莫斯科宅邸的令人难忘的内室总是人们的感情的一个部分，以致两者完全融合起来，仿佛这些物品并不存在于作者的头脑中，而是潜藏在书中人物情感的幽微之处。当物与人这样水乳交融之时，如实摹写实物就不再是物的罗列，它变成了经验的一个部分。

小说既是想象的艺术的一种形式，它就不可能同时又是一种生动绚丽的新闻体。它必须从丰富的闪光的“现在”的长河中撷取永恒的艺术的素材。现在已经出现了种种希望的征兆。一些青年作家正在力求摆脱单纯写实，他们步现代绘画之后尘，对其笔下人物的物质的和社会的“外衣”予以富于想象的解释，用暗示的而不是列举的方法表现场景。艺术的更高加工方式总是简化的过程。小说家必须学习写作，然后他又必须忘掉这一切。正如现代画家首先学习绘画，之后就要学会应在什么时候尽弃前功，什么时候使它从属于更高的、更真实的效果。我认为，只有朝这个方向发展，才能产生比以往许多小说更多样化的、更完美的作品。

美国最早的传奇小说之一《红字》可对后来的作家有所启示。那部小说对环境背景的描写是多么的符合艺术的精神啊！一心准备作文的死读书的高中生是没法从中得到有关清教徒社会的习俗、服饰和室内装饰的知识的。这个故事中的物质“外衣”仿佛是无意间勾描出的，出自含蓄而又讲究的艺术家的手笔，而不是出自华而不实的演出编排人或从事机械性劳动的商店橱窗装饰工。就我所记得的，在《红字》一书的淡淡的忧郁中，在它始终如一的气氛里，我们很难看清环绕人物的确切环境，只能在幽暗的暮色中感受其存在。

可以说，《红字》中那未曾具体指明，却能在字里行间感受到的东西是被创造出来的。未指明的事物及可以神会却不能耳闻的弦外音的神奇的存在，词句的语调，事实、事物和行为的感情氛围，等等，正是这些赋予了小说、戏剧以及诗歌本身以崇高的格调。

如实罗列人的精神反应和生理感觉，似乎也并不比一一记叙实物更见功效。一部堆满生理感觉的小说跟充斥着家什器具的小说一样，只不过是一份目录表。诸如戴·赫·劳伦斯的《虹》之类的书籍尖锐地提醒着人们，在情感和单纯的器官反应之间存在着何等遥远的距离。对人体器官受到刺激后的反应进行实验式的研究，几乎可以使人物非人化，使之降低到动物的水平。人们还能想出比戴·赫·劳伦斯用散文改写的《罗密欧与朱丽叶》更可怕的东西吗?

现在，连幼儿故事也像悲剧一样，都让又多又滥的乏味描写糟蹋了。如果我们能把这一切家什器具，连同有关生理感觉的种种陈词滥调统统扔出窗去，让房间有如荡然无物的古希腊剧院的舞台，或者圣灵降临之光耀所莅临的房子，留下空旷的场地来上演大大小小的人情戏剧，那该有多妙啊！当大仲马说，人只需一种情感和四面墙壁即可演一出戏剧，他确实道出了一个伟大的原则。

笔记（选）

不要写任何在极度孤独的时刻会让你感到羞耻的东西。与其作弊或说谎，还不如死亡。

[罗马尼亚]
埃米尔·米歇尔·齐奥朗
高兴 译

作者简介

埃米尔·米歇尔·齐奥朗（1911—1995），罗马尼亚作家，后移居法国用法语写作。其作品文笔简洁、优雅，且不失幽默色彩。这些特点，即使在他的《笔记》中也可以看到。

译文原载于《世界文学》1999年第6期。

将你的生活局限于一场同你自己或者最好是同上帝的讨论。将人们赶出你的思想，不要让任何外在事物损坏你的孤独，让那些弄臣去寻找同类吧。他人只会削弱你，因为他人逼迫你扮演一种角色。将姿态从你的生活中排除吧，你仅仅属于本质。

当一位作家无话可说时，荣耀为他戴上桂冠。荣耀赞美尸体。

一个作家越是独特，就越有过时和令人生厌的危险：一旦我们习惯了他的花招，他也就完了。真正的独特并不意识到自己的手段。一个作家必须为自己的天赋所推动，而不是只指挥和挖掘天赋。

一个精明的灵魂逃离自己的天赋，也就是说，创造自己的天赋。这难道不是有关文学创造者的定义吗？

反讽，那些受伤的心灵的特权。任何反讽穿越的言语都在宣称一种隐藏的攻击。

反讽本身也是一种宣称，或者是自我怜悯佩戴的面具。

1960年2月24日。今天，我在一张表格上填写自己的名字时，仿佛觉得第一次写它，仿佛觉得不再认识它。日期、出生年月，一切在我看来都很新鲜，不可理解，同我毫无关联。这就是精神科医生所称的自我疏离症。有时，就连我自己的形象，我也必须努力调整目光才能同它融为一体，这实在令人难以忍受，让人蒙受屈辱。

面对自我的显示，我厌恶不已，头昏脑涨，茫然不知所措。

自由如同健康：唯有当你失去它时，它才有价值，你也才会意识到它。对于那些拥有它的人，它既不能成为一种理想，也不会构成一种魅力。所谓的"自由世界"对于它本身而言，只是一个空荡荡的世界。

蓦然，无限的幸福，狂喜的视野。而这一切是在遇到一位税务官之后，是在为了身份证而到警察局排队之后，是在为了打针之类的事遇见一位女护士之后。我们体内化学的奥妙，能使魔鬼晕头转向，会叫天使粉身碎骨地变形。

我乐意生活于其中的两个时代：十八世纪的法国和沙皇俄国……

优雅的腻烦以及阴暗的、抽搐的、无穷无尽的腻烦……

B还是个穷孩子时，常常向我讲述生活的虚无；发家之后，他只会讲述庸俗的故事了。不付出代价，你难以脱离贫困。任何形式的拥有都会导致精神死亡。

一些人追求荣耀；另一些人则追求真理。我冒昧地属于后者。一种难以完成的使命远比一项可以达到的目标更为诱人。向往人们的掌声——这多么可怜！

1960年3月12日。我在一种异常强烈的思念状态中度过了下午。思念一切，思念故土，思念童年，思念我浪费的一切，思念这么多无用的年华，思念所有那些没有哭泣的日子……"生活"与我格格不入。我适合于一种原始的生存，适合于绝对的孤独，在时间之外，在隐隐约约的伊甸园中。我将忧伤禀赋一直推到邪恶的境地。

春的迫近令我精神崩溃。这是我最最害怕的季节。乐曲冻结的感觉——哑默、消沉的灵魂中，千万声呼唤消逝。

波德莱尔……我已经有许多年没读他了，他并不是我常常想到的人。

我所感兴趣的只是阴郁程度所具的特性。

我应该写一部《论眼泪》。我常常感到一种极为强烈的哭泣的需要。（我因此而感到同契诃夫的人物如此相近。）我对一切都感到懊悔，我会一连几个小时凝视着天空……瞧，当人人期待着我的作品并鼓励我工作的时候，我是如何度过时光的。

我毫无哲学天分：我仅仅对姿态、对思想的感人性产生兴趣。

一个满怀激情说出的谬误比一个用平淡无味的语言表达的真理更讨人喜欢。

世袭者的显赫，正统者的灰暗。

唯有我们隐藏的情感才是深沉的。那些卑贱的情感的力量恰恰源于此。

我的所有“作品”都缺乏潇洒。这是那些写得很少，那些无法像“呼吸”一样写作的人的悲剧。我是一个偶然的作者，因为，我写作，仅仅是为了摆脱一时的焦虑。

忧郁，一旦达到极点，会消除思想，变成一种空洞的呓语。

不要写任何在极度孤独的时刻会让你感到羞耻的东西。与其作弊或说谎，还不如死亡。

我从未迷恋过那些注定成功的事业，我总是偏爱那些我隐隐觉得已经失败的事业。我总是本能地站在败者一边，即使他们的事业应受谴责。偏爱公道的悲剧吧！

1960 年 7 月 20 日。整整十年，我一直梦想着拥有一套公寓。如今梦已成真，但并没有让我获得什么。我已经懊悔失去那些住旅馆的日子了。拥有比贫困更令我痛苦。

啊，我多想住在 1937 年的旅馆里。

我有一个家了——上帝啊，原谅我堕落到这等地步吧。

我是我的状态、我的幽默的连续；我徒劳地寻找着“自我”，或者更确切地说，唯有在我的所有表象消散时，唯有我为自己的消亡而狂喜时，唯有人们所称的那个“自我”中止并取消时，我才能找到它。我们必须首先摧毁自己，才能最终找到自己；本质意味着牺牲。

唯有无边无际的不眠的时刻，当时间同黑夜融为一体，当时间便是黑夜的流淌，便是液体黑夜时，你才能感到时间在怎样地流逝。

一本书的内在价值并不在于主题的物质和重要性。否则，神学家就会成为最优秀的作家了。

本质并非文学的关键点。可以认为，对一位作家而言，重要的恰恰是他呈现偶然和细微的方式。艺术中，要紧的首先是细节，其次才是整体。精湛必须以限定为前提。

令过去变得有趣的，是每一代人都以不同的方式看待它。历史的永不枯竭的新颖便源于此。

我从未有过思想：总是思想把我占有。我想象自己表达了一个思想，实际上只是思想将我占有并令我屈服。

历史上伟大的时代是那些“开明专制的”时代（十八世纪）。

过度的自由以及过度的恐怖都无法让精神繁荣。精神需要一个可以忍耐的枷锁。

一个优秀的时代是一个反讽不会将你投入监狱的时代。

当你有幸成为一名“作家”时，承受匿名和承受出名一样难。

一片被遮盖的天空在我看来是一种祝福。蔚蓝会鼓动你出走；它冒冒失失，掺和到你的生活中，并在你身上唤醒宗教向往病态的那一面，唤醒秘密野心恶魔的那部分。

面对电话，面对汽车，面对最最微不足道的器具，我都禁不住会感到一阵厌恶和恐惧。技术天才所制造的一切都会激起我一种近乎神圣的惊骇，面对所有现代世界的象征时所产生的一种格格不入的感觉。

歌德同时代人的证词。我愉快地读着，开始对这位我以前从未喜爱过的人的言语发生了兴趣。不到五十岁，你是不会对歌德发生兴趣的。

真正的诗在诗之外；哲学以及所有一切皆如此。

奇妙的罗马尼亚语啊！每每重新回到它面前时（或者更确切地说，梦见自己回到它面前，因为，天哪，我已停止使用它了），我感到，脱离它实在是一种罪恶的背叛。它那赋予任何词一种亲密感，将任何词转化为指小词的能力；就连“死亡”一词也享有这一温顺。曾有一段时间，我觉得这种现象是一种减弱，是一种谦卑，是一种贬低的倾向。可现在，恰恰相反，我觉得这是一种丰富的标志，是一种为任何事物“增加一点灵魂”的需要。

年龄越大，我就越清楚地感到我同原籍的联结有多深。故土令我魂牵梦萦；我无法同她分离，也无法将她忘却。相反，我的同胞却令我失望，让我恼怒，我受不了他们。我们不喜欢在别人身上看到自己的缺陷。我越是和他们交往，就越会在他们身上发现自己的毛病；在每一个人身上我都看到一种责备，一幅放大了的我自己的漫画。

没有任何东西比巴黎的荣耀更像虚无了！我简直不敢相信，我也曾向往过“这”！但我已永远地厌倦了。经过了这么多年的摸索、失败和期盼之后，这是唯一让我感到骄傲的真正的进步。我尽量隐姓埋名，尽量不抛头露面，尽量默默无闻地生活——这是我唯一的目标。重返隐居生活！让我为自己创造一种孤独，让我用尚存的抱负和高傲在心灵中建起一座修道院吧！

感激歌德

我对中国的古典作家怀有一种特殊的爱，我觉得，智慧长有一副中国的面孔，歌德也是这样。

［德国］赫尔曼·黑塞

高中甫 译

作者简介

赫尔曼·黑塞（1877—1962），德国著名作家，1947年诺贝尔文学奖得主。早年曾入神学院学习，不到一年即从神学院逃离，开始他求生和自学的生涯。主要作品有长篇小说《彼得·卡门青》（1904）、《德米安》（1919）、《席特哈尔塔》（1922）、《荒原狼》（1927）、《玻璃球游戏》（1943），及大量的诗歌、散文等作品。每一位作家都有自己心仪的前辈和同辈作家。听他们谈论这些作家，你或许可以了解到两个伟大人物的秘密。

译文原载于《世界文学》2003年第5期。

在所有德国诗人中间，歌德是让我最感谢、最费神、最苦恼、最受激励的了，他逼使我去追随或者去抗拒。他不是我最喜爱和最给予我享受的诗人，噢，不，那是另外一些人：艾兴多夫、让·保尔、荷尔德林、诺瓦利斯、默里克，还有其他一些人。但是在这些我喜欢的人中，没有一个成为我的艰深的课题和激起我道德上的抵触，他们中间没有一个需要我去进行斗争和争论，而我与歌德却总是必须进行思想上的对话和思想上的斗争（其中一例是在《草原狼》里，百例之一）。因此我试图表达出歌德对我意味着什么，他在哪方面对我起了重要的作用。

当我几乎还是个孩子时就熟悉了他，他青年时代的诗歌连同《少年维特之烦恼》完全征服了我。我很容易地想到，把自己献给诗人歌德，因为他带来了青春的气息。连同着森林、草原和田野的气息。在他的语言——来自他的母亲——里，有着民间智慧的深度和愉悦，有着自然和工艺的声音，还加上音乐的高度。这个歌德，这个纯粹的诗人，这个歌德者，他永远年轻和天真，他也从未成为问题，我从未感到他模糊不清。

与此相反，在我的青年时代，我遇到的还有另一个歌德：一个伟大的作家，一个人道主义者，思想家和教育家，评论家和纲领的制订者，一个魏玛的文人歌德，一个席勒的朋友，艺术品收藏家，一个杂志的创办者，一个无数文章和书信的撰写者，艾克曼（《歌德谈话录》的作者）的口授者，就是这个歌德对我也无比重要。起初我也是无条件地景仰他、尊敬他，我也经常在我的朋友面前为他的那些官方的文稿进行辩护。如果说他的表现越来越有些市民气，有些庸俗，有些官僚气和远远地从维特的狷介中逃离出来的话，那他依然是很了不起的，他认为这一直是一个崇高的目的，所有目的中最高尚不过的目的：建立一个由精神主宰的生活，不仅为了自身，而且也是为了他的民族和时代。这是一种全面地把握他的时代的知识和任何一种生活经验的尝试，即使是所谓出了轨道；这对一个有高度才智的个人是有用的，除此，也对一种超出个人的精神活动和道德活动有益。

作家歌德为他的时代里的优秀人物树立了一个人的图像，一个人的楷模的图像，与他相似，与他更相近，这成了那些有一种善良意愿的人的理想。

从诗人歌德那里能得到许多享受，但是什么也学不到。他所能的是不可学的，是独一无二的。因此他不是我的楷模，或者也不成为问题。相反的是作为文人、人道主义者和思想家歌德，他不久就成为我的一大课题；除了尼采外，没有另外一个作家使我如此费神，如此吸引我和折磨我，逼我去进行争论。这个文人歌德和诗人歌德完全平行地走着，相距不远，几乎合而为一，可突然他们分离开来，相互矛盾和彼此割裂。如果说诗人歌德更使人怀有好感，带来更多的享受的话，那文人歌德更要非常认真对待，不可以回避。这我二十岁时就已经感受到了。他进行了最伟大和表面看来也是最顺利的尝试，在精神上建立一种德意志生活。除此之外，它也完全是非凡的尝试：把德意志的天才同理性综合起来，使务实的人与想入非非者和解，使安东尼奥和塔索[1]和解。使不负责任的、音乐的、狄奥尼修斯式的狂热与一种责任感和道义感的信念和解。

这种尝试显然不完全顺利，它也不可能顺利！尽管如此，它必然要永远重复下去，因为一再地追求最高和不可能，这在我看来恰恰是精神的标志。对歌德说来，在他个人的生活和事业中，把朴素的诗人和聪明的实干家，灵魂和理性，把自然的崇拜者与精神的宣教士合而为一，不完全是顺利的，这中间不时裂开一条宽大的缝隙，不时出现痛苦的，甚至是不可忍受的冲突。对诗人来说，理性和道德有时像一个戴在头上过于宽大的假发，这经常把他的朴素的独创性扼杀在一种僵化之中，这种僵化产生于对自觉和自持的追求。

除此之外，把他奉为楷模，留下某种类似一种真正的学派或学说，这对歌德来说也不是幸运的。就是那些付出巨大的努力把他作为楷模而加以仿效的诗人和作家，也没有成功地达到所追求的统一，他们甚至远远落在这个先行者的后面。许多例子之一就是

---

1 安东尼奥和塔索，德国戏剧《塔索》的两个主人公。

阿·斯梯夫特，这是一个受到喜爱的一流诗人，他在那部出色的《晚夏》里有时真像一个更小的歌德那样，用一种枯燥乏味的语言谈一些艺术和生活的陈词滥调，令人惊奇的是，这些陈词滥调居然能与那些最最富有魅力的美如此紧密地并列在一起，它的榜样是再清楚不过，人们想起来：那些最最出色的富有诗意的篇章旁边也并列有这样的使人沮丧的干瘪。

不，歌德并不那样完全幸运，在我看来，他有时是灾难性的和痛苦不堪的。难道终归他真的如那些没有读过他的朴素的马克思主义者所认为的那样，只是资产阶级的一个英雄？是从属的、短期的，今天早就枯萎了的意识形态的共创者之一？

我本想把他甩开了事，由于失望到此为止。但偏偏我做不到！偏偏这是奇特的，这是美的，也是折磨人的：人们摆脱不开他，人们必须与他一道奔跑，同情他的失败，在自己身上再度找到他身上的那种分裂！

这是有益的和伟大的：他不满足于渺小的目的，他寻求恢宏，他提出无法实现的理想。而首要的是随着年龄的增长，我的成长起来的观点是有说服力的，这就是歌德的问题。不仅仅是他个人的，不仅仅是资产阶级的，而且是每一个认真对待精神和文字的德国人的。避开歌德的榜样，逃离开他的尝试——它们的失败与否都一样——这样的人是不能成为一个德国作家的。有另外一些文人，他们很成功地用语言体现了他们的时代精神，例如伏尔泰，他更准确更完整地描述了他的世纪和他的生活层次，但伏尔泰不正是因此而经不住岁月的消磨？他对我们来说能比一种回忆更多，能比一个伟大的匠师的名字更多？难道我们还能由衷地和负责地去关注他的努力和见解？不。但是歌德却不是与他的时代一道衰亡，他与我们还息息相关，他还是那样惊人的现实。

这些年我就这样受歌德的折磨，他使我的精神生活不得安宁，他，还有尼采。如果不是世界大战到来的话，我还会上千次的有这样的想法和上千次的动摇不定。但是大战爆发了，这向我表明，战争成了德国作家的老问题，成了德意志生活中的精神和文字的悲惨命运，它比任何时候都更痛苦。它表明，歌德一度建立起的论坛是完全荒谬的。出现了一种不负责任的，部分是狂热的、部分也是收买的那类文章，一种非常爱国的，却是愚蠢的、欺骗的和粗俗的文字，这是歌德的耻辱，是精神的耻辱，是德意志民族的耻辱，甚至那些著名的学者和作家写起来就像军营一样，不仅那座联结精神和民族的桥梁断裂了，而根本上就不再有精神了。（这里我没有必要去研究这种现象不仅是德意志的，而且是许多或者是所有参战国的一种标记，对于我来说，这种以德意志形式出现的现象是重要的，它召唤我用德意志的形式去进行斗争。我的义务不是去研究是不是法国和英国被精神所抛弃，对它提出警告，防止逐日增长的反对精神的罪行，而是在我自己的土地上去进行这项工作。）

看来歌德的问题在我的生活中长时间地停滞了，现在不再是歌德，而是战争。当战争结束时，欧洲又成为问题，今天也依然如此。在欧洲的所有国家里，一小部分有思想的人很清楚地认识到了眼下的问题和要求，而这期间全部官方的所作所为和奉行的政策还一直站在深渊的边缘，为代表业已死亡了的理想的各式各样旗号而战。

战争爆发了，看来有段时间不再与歌德相关，可他那巨大的课题：借助精神去统治人的生活，依然是世界上唯一迫切的课题。我们文人，只要我们是不可收买的或者不被战争所蛊惑，那就有必要一步一步去触摸自己的基础和一步一步去弄清自己的责任。我的精神忧患进入一个狂热的阶段，就是在战争中间也一直不断地与歌德进行争论，有时现实的冲突完全突然地唤来了他的形象，这个形象对我说来就重新成为象征。精神上和道德上的课题在战争的第一阶段里使我的生活成为斗争和痛苦，这个课题介于精神和爱国之间，像是无法解决的冲突。当时，若是人们信任官方的声音——从伟大的学者直到在报纸上喋喋不休的人——的话，那精神（即是真理和为真理服务）就成了爱国主义的直接死敌了。如果谁是一个爱国主义者，那根据舆论的看法，他与真理就毫不相关，他就丝毫对它不负有义务，它是游戏，是幻想；更确切地说，精神在爱国主义之中，只有当它被滥用来支持大炮的话，它才是被允许的。真理成了奢侈品，欺骗在祖国的名义和为祖国服务的名义下被允许和得到赞美。我不能够把这种爱国主义的道义当作是我自己的，尽管我非常爱德国，因为我在精神中看不到一种随意的工具或者战斗的手段，我不是将军或者首相，而是为精神服务。当时我在这种关系中又与歌德重逢。那些当时把民族所拥有的任何一种财富都试图掠来作为战争手段的爱国者，很快就发现，歌德不能用于这个目的，他不是一个民族主义者，他甚至有几次敢于对他的民族说出不愉快的真理。从一九一四年夏天开始，歌德，同他一起的还有另一些精英，陷入了低谷，为了填充空白（因为人们需要伟大的精英来进行令人作呕的“文化宣传”），另外一些名字重新被发现和被展示出来，让他们更好地为民族主义和战争进行辩护。这种发掘中最成功的是黑格尔。

那时，当罗曼·罗兰在他的一篇谈及战争的文章里把我当作他的一个志同道合的人，并把我的立场标明是“歌德式”的时候，这个字眼连同一种强烈的警告击中了我：这使我忆起歌德，我的青年时代之星，并使我在一切凡是我认为是神圣的事业中变得坚强，同时我也没有忽视，从官方的德国立场来看，“歌德式”的称呼恰恰是一个骂人的词。

那个阶段也过去了，就是我们生活中那些激烈的事件也没有能够把我与歌德分离开来，也没有能够使我对他感到冷漠。

这是怎么回事呢？歌德终归不就是个部分失败了的作家和思

想家吗？他不也就是个比天才的、语言有力的诗人稍强一筹的诗人吗？为什么人们要回到他那里，即使是还要与他进行那么多的争论和在重要的地方与他分道扬镳？

当我去寻找理由时，就在我的观察里还产生了另一个歌德，一个轮廓不甚清晰，一个半透明和充满神秘的歌德：智者歌德。那个富有魔力的诗人歌德的形象对我说来是那么清晰，那么可亲，那个文人和导师的歌德，我觉得也是这样的清晰。在这些形象后面，透过他们所显示的还有另一个形象。各种矛盾都统一在这个对于我来说是最高大的歌德形象身上了。这个形象既不用片面的阿波罗的古典主义，也不用寻求地母的幽暗的浮士德精神把自己遮起来。它恰是存在于这种双极性之中，存在于处处和无处之中。我是在他的晚年著作中，在诗歌里，在后期完成的《浮士德》中，在书信和“故事”[1]里发现这样一些体现出神秘智慧的个别格言和诗句的。但一旦我们认识了他，那些他青年时代和成年时期的著作和言论中，这个同样成熟的、业已超出自身的歌德也在凝视着我们。他一直存在，仅仅是经常长时间不露面而已。他是无时间性的，因为所有的智慧都是无时间的。他是非自身的，因为所有智慧都克服了自身。

歌德本人经常遮掩起来的这种智慧，他本人好像经常失去了

1　此外原文为“Novelle”，系指歌德所写的一些穿插在《威廉·麦斯特》中的故事。

的这种智慧，不再是市民阶级的，不再是狂飙突进或者古典主义；根本也不是毕德迈尔[1]，它甚至几乎不再是歌德式的，而是与印度智慧、中国智慧、希腊智慧呼吸着共同的空气，它不再是意志，不再是智力，而是虔诚、敬畏和奉献：道。每一个真正的诗人都从它那里得到一束火花，不管是艺术还是宗教，没有智慧是不可能存在的，就是在艾兴多夫的一首极短的小诗里它必然也在呼吸。但是在歌德那里，它有时凝练成如此有魔力的文字，这可不是在任何一个民族和任何一个世纪中都会有的。智慧高于所有文学，它不是别的，是崇拜，它不是别的，是对生活的敬畏，它只是服役并不提出任何要求、任何索取或者权利。它是那样一种智慧：所有高贵的民族都知道它的所有传闻，它一度存在，那是在伟大的统治者的年代，那些统治者和他们的仆人对它变得不忠；为了使尘世与天堂和解，唯一的一条路是返归于它。

我对中国的古典作家怀有一种特殊的爱，我觉得，智慧长有一副中国的面孔，歌德也是这样。因此，当我知道歌德果真多次研究过中国，并写过一首小型的标题为《中德四季晨昏》的奇妙的组诗时，我感到一丝欣喜。在我们当代文学中，这种原始智慧的表述

---

1 毕德迈尔(Biedermeier)，系指1814年至1848年间出现于复辟时期的一种生活方式和文学艺术风格。

不是很多。在德国它很少用文字表述，德国在音乐上比在文字上更虔诚、更成熟、更聪明。

歌德借助他的诗作和著述达到了这样的高度，置身一切漩涡之上，沉静如斯，这就是把我一再吸引到他那里的东西，这就是激起我对他的那些即使是不尽人意和失败了的著作不时一再地去进行研究的东西。因为没有比人变得聪明和摆脱掉时间和人自身的束缚的更高的戏剧了。当我们认识一个人，我们相信他能达到这点，那他就使我们感到一种无可相比的兴趣。当我们开始对所有信念所有智慧产生怀疑时，去追随一个智者的道路，去看看他在那样的时刻会是怎样富有人性，是怎样的软弱，是怎样的心绪不佳，这会是一种真正的安慰。

从某些迹象中我必然得出结论，德国青年几乎不再认识歌德了。估计是他们的老师成功地解除了他们的这种苦难。若是我不得不去领导一所中学和一所高等学校时，那我会禁止把歌德的作品当作读物，把它留给最优秀、最成熟、最值得珍贵的学生作为最高的奖赏。他们将会惊异地发现，他把今天的读者那样直接地摆在今天的巨大问题面前，摆在欧洲的问题面前。在一种能拯救我们的精神上，在为这种精神而不惜牺牲一切的决心上，他们将会发现，除了歌德他们找不到任何更好的领路人和伙伴。

应罗曼·罗兰之请，为《欧罗巴》杂志

1932 年“歌德号”而作

缩短的自白

写作和崇拜并非一码事：不管喜欢与否，谈论上帝实际上就是仰望上帝。写作则是生物对一个拙劣的创世主的报复和回敬。

［罗马尼亚］
埃米尔·米歇尔·齐奥朗
高兴 译

作者简介

埃米尔·米歇尔·齐奥朗（Emile Michel Cioran，1911—1995）无疑是二十世纪世界文坛一大怪杰。他生于罗马尼亚勒希纳里村一个东正教神甫家庭，曾在布加勒斯特大学攻读哲学，1937年获奖学金到法国留学，从此留在了那里，将近六十年，一直在巴黎隐居，极少参加社交活动，从不接受采访，有意识地为自己创造一种孤独。

译文原载于《世界文学》1999年第6期。

我只愿在爆发性状态中，在狂热或高度精神紧张中，在一种清算气氛，一种痛斥取代打击和伤害的气氛中写作。它通常这样开始：仿佛人们默默吞下一次侮辱以后的一阵渐渐由弱变强的颤栗。表达意味着一种迟到的反击，或者一种延误的侵犯。我写作，就是为了不用采取行动，就是为了避免一场危机。表达是慰藉，是一个无法忍受耻辱进而用言语反抗他的同类以及他自己的人间接的复仇。愤慨并不像文学冲动那样具有如此的寓意。它实际上是灵感的源泉。那么，智慧呢？恰恰相反。我们身上的圣者毁掉了我们最好的冲动。他是个削弱我们、麻痹我们的破坏者，一个期待着内心中的那个疯子，以便让他平静、让他妥协、让他丢人现眼的破坏者。灵感呢？一次突然的失衡，一种通过肯定自己或摧毁自己所获得的过度的快乐。我还从未在自己的正常体温中写过一行文字。然而，连续数年我都将自己视作一个完美无缺的人。如此的骄傲对我颇有益处：它任由我让白纸变成黑字。当我的谵妄减少，当我成为一种致命的谦虚的牺牲品时，我实际上已停止生产了。因为那种谦虚对滋生直觉和真理的酵素极为有害。我只有在荒诞感突然从我心中消失，而我将自己当作开端和终结时，才能生产……

写作是一种挑衅，一种幸好是虚假的让我们凌驾于存在着的以及似乎存在着的事物之上的现实观照……仅仅依靠语言而与上帝抗衡，甚至要胜过上帝：这便是作家的武艺。作家是个模棱两可的怪人，当他精神不安、昏头昏脑时，会摒弃所有自然条件，投身于一种辉煌的晕眩，总是令人沮丧，有时甚至令人作呕。没有什么比言语更为不幸的了，然而也正是凭借言语人们才登临幸福之境，才登临一种极度膨胀之境：身在其中，人们完全自由自在，没有丝毫的压抑感。恰恰通过脆弱的象征——音节达到至高无上！奇怪的是，这种至高无上也可以通过反讽达到，但前提是，后者将自己的破坏性工作进行到极点时，从反面施与上帝的战栗。作为彻底狂欢使者的言语……所有真正强烈的一切都同时拥有天堂和地狱，不同的只是，前者我们只能瞥见，而后者我们却有幸能察觉，而且还能感受。还有一种更为引人注目的，为作家所垄断的优势，那就是摆脱自己的危险的优势。假如没有写作本领，我不知道我会成为什么。写作便是释放自己的懊悔和积怨，倾吐自己的秘密。作家是一个精神失常的生物，通过言语治疗自己。多亏了这些非本质性的疗法，有多少紊乱，多少残酷的进攻我没有击败啊！

写作是一种人们会厌倦的怪癖。的确，我写得越来越少了，而且毫无疑问，最终会完全停止写作，在这场同他人以及同我自己的搏斗中，再也感觉不到任何魅力。

当人们面对一个主题时，不管是多么平凡的主题，人们都会经历一种伴有一丝傲慢的充足感。一种更为奇怪的现象：当人们描绘一个自己欣赏的人物时所产生的那种优越感。在一个句子的中央，人们又是多么容易相信自己就是世界的中心啊。写作和崇拜并非一码事：不管喜欢与否，谈论上帝实际上就是仰望上帝。写作则是生物对一个拙劣的创世主的报复和回敬。

读书之乐

你熟悉翻动书页时发出的窸窣声音吗？如果你无法从中辨析出命运的颤音和结局的征兆，这说明你还不是真正的读书人。

［法国］阿　兰

罗竞 译

作者简介

阿兰（1868—1951），法国著名哲学家和散文家。他通过对人与事不知疲倦的观察，发展了笛卡儿以来的唯理主义。阿兰思想的形式绝非枯燥乏味，他追求充满生命力与美的艺术效果，在他看来，人所能达到的最高境地，是通过创造作品来创造人自身。第一次世界大战期间，他在前线的掩体里写出了《玛尔斯或战争真相》（1921）、《艺术体系》（1920）等书；战后又写了《思想与年龄》（1921）、《海岸上的谈话》（1931）、《思想》等作品。1933年，阿兰因年老多病而退休，但却笔耕不辍，留下了《我的思想历程》（1936）、《司汤达》（1935）、《巴尔扎克》（1937）、《心的冒险》（1945）、《众神》（1947）等使后代深受影响的作品。在生命的最后一年，他被授予首次颁发的国家文学大奖，这也是他一生中所得到的唯一荣誉。

《读书之乐》译自《巴尔扎克》，译文原载于《世界文学》1986年第4期。

读书与做梦的不同之处在哪里呢？有时候我们感觉做梦是愉快的，于是乎就不去读书。而当做梦的可能性被某种原因破坏时，读书便成了补救的良药。当年，我的父亲由于债务累累，心中烦闷，于是便一头钻进书堆里以寻求解脱，嗜书如命几乎到了饥不择食的地步。他的行为使我受到了感染，这“感染”如今看来使得我比那些一味苦学的书呆子们有出息得多。对我来说，如果我有意想学些什么，那一定是什么也学不进去的。即便是数学题，也只有等我像读小说一样漫不经心地去理会它的时候，才能悟出其中的名堂。总之，读是最重要的。不过，像这样懒洋洋地读书必须有充足的时间，而且手头也得有书才行。我所谓“手头有书”是说那书的位置一定要近在咫尺，如果隔了两米远，我也就不会想起去读它了。所以也难怪图书馆对我毫无裨益，它毕竟不属于我呀！我于是拼命通读手头的书，而且做了不少笔记，尽管事后从不去翻检。对我来说，了解荷马意味着手头得有荷马的书。眼下我手头就有几本斯宾诺莎的书。过去我一向不知世界上还有梅恩·德·比兰[1]，直到有一天一位相识将他的全集抱来放在我的案头，我这才晓得梅恩·德·比兰是何许人。而且，说句实话，我发现读他的书真好比啜饮琼浆玉液，百读不厌。我对孔德的了解也是通过同样的途径，

1 梅恩·德·比兰（1766—1824），法国哲学家。

很久以前我就已将他的十卷代表作买来放在案头了。我读孔德似乎同读巴尔扎克一样，从不去追究书中的道理。不过，我更喜欢巴尔扎克，而且也只满足于作巴尔扎克不倦的读者而已。

什么叫读书呢？读书就是一行一行地读书上的字。当然也还要约略琢磨一下整体的、也就是一页当中的内容。这不是我个人的经验。我发现有不少读者跟我一样，读前一页的时候总要附带地偷眼看一看下一页讲的什么，甚至还顺便浏览一下后边的情节，好像饥饿的乞丐觊觎一块馅饼。我想大概可以这样断言（不过也许为时过早）读者的想象力恰似笼中之鸟，永远无法摆脱书中字词以及作品原义的束缚。当然，熟练的读者用不着咬文嚼字，不过我还做不到这一步，我虽不至于嚼字，句子总还须咂一咂的。我读书就好像骑一匹马，时而纵马狂奔，时而拨马回头，不敢神驰遐想，唯恐偏离作者指出的道路。有趣的是，我仅以这种方式去读体面的出版物，也就是书籍。至于日记之类，我以为价值不大，不必认真去读。手稿就更不必说，它总使人觉得不可靠，因为它只不过是书的雏形而已，可以随意增删改动。一本书的分量就不同了，特别是巴尔扎克的小说就更不允许你去怀疑。甚至可以说，巴尔扎克写书的目的就是为了禁锢你的想象力。真的，读他的书谁也不用胡思乱想，为所欲为，只有规规矩矩，按他的路子走……这便是优秀叙述体小说的风格：作者预设圈套让读者去钻。巴尔扎克历来如此。

这就是反复阅读比只读一遍收效更大的原因。由于我对自己的经验十分自信，所以很想在这方面做些探讨。

引起读者的猜疑、好奇和惊叹，这就是巴尔扎克小说的效果吗？一点儿不假。其至当你读上几遍之后，这种效果竟毫无衰减。比如说，我知道乡村医生必死无疑，然而也正因为我料到结局，乡村医生的死才如迅雷一般使我感到震惊。这效果就在昨天我还体验过一次。戏迷们往往也有同感吧。我还注意到，一首好诗的艺术魅力是永存的，不会使你熟而生厌，只有这样的诗才是真正的诗。可以这样说，一切时间艺术的魅力正是来源于读者的预知。当我们读一本小说时，总觉得后头的情节最牵扯我们的兴趣；不过，我们也懂得如何克制自己，大概具体的方式就是聚精会神于眼下正在进行的情节吧。而且像这样吊一吊胃口未尝不是一件有趣的事。孩子们做游戏时不是经常要藏起来，然后吓唬对方，而对方也会真的感到害怕吗？读小说也是如此。前不久我又重读了《驴皮记》的前几页，真够烦琐的！我心里虽这么想，却仍然悉心地琢磨着拉斐尔[1]的幻梦和那位老商贩的大段独自，甚至不放过任何细节。而那些一目十行的读者口里虽说着“我都知道”，实际上正是由于他们“不知道”，所以才那样风风火火地读。我之所以能够不紧不慢

1 《驴皮记》的主人公。

悠着性子，正是因为我了解这本书，而且我对它的了解不是零散的、只言片语的，而是全面的。我不想一下子就读到书中那不可挽回的结局，总希望这结局能够在我的第一个愿望得到满足之后再开始，因为到那时将会觉得总算完成了什么。不过最好还是由着作者的构想，让这结局在老商贩的叹息声中，在他利欲熏心、沉湎于新的梦幻的时候再开场为好。同样，无论是幸运还是灾难——如大家常说的那样——也应伴随着拉斐尔的沉浮而渐次呈现在我们眼前。为了耽于幻想而不愿过早获得，这正是读者的心理，它促使我们随着作者一道在共同的情感领域里尽情漫步，观赏珍奇。我用了“尽情”两个字，实则我们的兴致未必能随心所欲地膨胀，我们是无权随意增补幻想的，因为作品的内容是和谐严谨的，词句是有限的，凭空幻想纯属徒劳无益。你熟悉翻动书页时发出的窸窣声音吗？如果你无法从中辨析出命运的颤音和结局的征兆，这说明你还不是真正的读书人。要知道，一场音乐会、一场戏或一段朗诵是不能任意中断的，但作为读者却有这个自由。只不过读者往往不是利用这种自由去回味读过的内容，或拟测未来的情节，而是中断小说情节的发展，以腾出时间来咀嚼自己的人生经历。我就有这样的感觉，每当我重新回到作品中来的时候总是要略微复习一遍前面的内容，仿佛想要再度积蓄起自己的兴致。如果不这样做就会觉得若有所失，觉得失掉了前面的内容，的确，优秀小说是不容许随意抽取片断的，不论手段多么巧妙，即便是配以分析也总不能被人接受。不是吗？优秀小说本身就杜绝了任何形式的简化或综述。相反，劣等小说却恰恰像被阉割过似的，只剩下事件和线索的罗列，一切似乎是为了向读者解释，唯恐读者理解不了下文。其实，我读书的目的倒并不是为了理解，而是为了追索。要想追索，光凭精神准备还是不够的。我发现侦探小说的情节总是发展得飞快，然而这类小说的迷人之处并不单单在于它的神秘性。我的理由是，倘若写得好，人们同样愿意反复阅读。《一桩无头公案》[1]就是一本这样的书。似乎可以说，小说遵循的原则之一就是时间原则。要知道，应当发生的事不必顷刻间就发生。"您的第一个欲望是平庸的，"那位老商人道，"我可以使它变成现实；不过，我还是先省了这道麻烦，以便为您今后生活中的事操心吧。"这位老商贩俨然像一尊隔岸观火的神，任事态平淡无奇地发展，就像拉斐尔每次遇到他的三个朋友必然同去吃夜宵一样，毫无例外，毫无变化。不过，这些琐事看似平淡，却正代表了生活中严肃的一面。巴尔扎克的思想永远是那样正确，实在令人为之折服。这也正是他的天才在创作中的体现，他善于将平凡的生活真实地反映出来。《驴皮记》所反映的同样是真实的生活，在这一点上它与《幽谷百合》和《欧

---

1 巴尔扎克的长篇小说，发表于 1841 年。

也妮·葛朗台》没有什么两样，尽管当我们叙述书中大意时免不了会引人发笑，因为谁也不会相信世上还会发生如此荒诞的奇遇，而且每个人的故事都如此离奇。不过，说到这儿，我们又不期而然地遇到了另一个十分棘手的问题，这个问题，我看放到以后再讨论吧。

贝多芬百年祭

贝多芬的音乐是使你清醒的音乐；而当你想独自一个静一会儿的时候，你就怕听他的音乐。

[英国]萧伯纳
周珏良 译

作者简介

萧伯纳（1856—1950）是英国剧作家、评论家。他的戏剧在我国翻译出版得很多，为我国读者所熟悉。但是远在他成为戏剧家之前相当长一段时期（1888—1894），他却是个有名的音乐评论员，这件事知道的人恐怕就不那么多了。这篇《贝多芬百年祭》就是他较有名的一篇音乐评论，文章最初发表在1927年3月18日的伦敦《广播时报》上。在这篇短文里从一开头他就不落俗套，从贝多芬的死写起，连到他的生，用“他是反抗性的化身”一句话抓住了贝多芬的为人，贝多芬的音乐，贝多芬代表的时代，和他对后人的影响的最中心的东西。

译文原载于《世界文学》1979年第6期。

一百年前，一位虽还听得见雷声但已聋得听不见大型交响乐队演奏自己乐曲的五十七岁的单身倔强老人最后一次举拳向着咆哮的天空，然后逝去了，还是和他生前一直那样地唐突神灵，蔑视天地。他是反抗性的化身；他甚至在街上遇上一位大公和他的随从时也总不免把帽子向下按得紧紧地，然后从他们正中间大踏步地直穿而过。他有一架不听话的蒸汽轧路机的风度（大多数轧路机还恭顺地听使唤和不那么调皮呢）；他穿衣服之不讲究尤甚于田间的稻草人：事实上有一次他竟被当作流浪汉给抓了起来，因为警察不肯相信穿得这样破破烂烂的人竟会是一位大作曲家，更不能相信这副躯体竟能容得下纯音响世界最奔腾澎湃的灵魂。他的灵魂是伟大的；但是如果我使用了最伟大的这种字眼，那就是说比亨德尔[1]的灵魂还要伟大，贝多芬自己就会责怪我；而且谁又能自诩灵魂比巴赫[2]的还伟大呢？但是说贝多芬的灵魂是最奔腾澎湃的那可没有一点问题。他的狂风怒涛一般的力量他自己能很容易控制住，可是常常并不愿去控制，这一点和他狂呼大笑的滑稽诙谐之处是在别的作曲家作品里都找不到的。毛头小伙子们现在一提起切分音[3]就好像是一种使音乐节

1　德国出生的英国作曲家，生卒于 1685—1759 年。

2　德国作曲家，生卒于 1685—1750 年。

3　采用切分音（Syncopation）的节奏是爵士乐最明显的特点。萧伯纳写作本文的二十世纪二十年代，正是爵士乐开始大为风行的时候。

奏成为最强而有力的新方法，但是在听过贝多芬的第三里昂诺拉前奏曲之后，最狂热的爵士乐听起来也像“少女的祈祷”那样温和了，可以肯定地说我听过的任何黑人的集体狂欢都不会像贝多芬的第七交响乐最后的乐章那样可以让最黑最黑的舞蹈家拼了命地跳下去，而也没有另外哪一个作曲家可以先以他的乐曲的阴柔之美使得听众完全融化在缠绵悱恻的境界里，而后突然以铜号的猛烈声音吹向他们，带着嘲讽似的使他们觉得自己是真傻。除了贝多芬之外谁也管不住贝多芬；而疯劲上来之后，他总有意不去管住自己，于是也就成为管不住的了。

这样奔腾澎湃，这种有意的散乱无章，这种嘲讽，这样无顾忌的骄纵的不理睬传统的风尚——这些就是使得贝多芬不同于十七和十八世纪谨守法度的其他音乐天才的地方。他是造成法国革命的精神风暴中的一个巨浪。他不认任何人为师，他同行里的先辈莫扎特从小就是梳洗干净，穿着华丽，在王公贵族面前举止大方的。莫扎特小时候曾为了彭巴杜夫人[1]发脾气说：“这个女人是谁，也不来亲亲我，连皇后都亲我呢。”这种事在贝多芬是不可想象的，因为甚至在他已老到像一头苍熊时，他仍然是一只未经驯服的熊崽子。莫扎特天性文雅，与当时的传统和社会很合拍，但也有灵魂

1 彭巴杜女侯爵（1721—1764）是法皇路易十五的情妇，权势炙手可热几乎有二十年。

的孤独。莫扎特和格鲁克[1]之文雅就犹如路易十四宫廷之文雅。海顿[2]之文雅就犹如他同时期的最有教养的乡绅之文雅。和他们比起来，从社会地位上说贝多芬就是个不羁的艺术家，一个不穿紧腿裤的激进共和主义者。海顿从不知道什么是嫉妒，曾称呼比他年轻的莫扎特是有史以来最伟大的作曲家，可他就是吃不消贝多芬。莫扎特是更有远见的，他听了贝多芬的演奏后说："有一天他是要出名的，"但是即使莫扎特活得长些，这两个人恐也难以相处下去。贝多芬对莫扎特有一种出于道德原因的恐怖。莫扎特在他的音乐中给贵族中的浪子唐璜[3]加上了一圈迷人的圣光，然后像一个天生的戏剧家那样运用道德的灵活性又回过来给莎拉斯特罗[4]加上了圣人的光辉，给他口中的歌词谱上了前所未有的就是出自上帝口中都不会显得不相称的乐调。

贝多芬不是戏剧家；赋予道德以灵活性对他来说就是一种可厌恶的玩世不恭。他仍然认为莫扎特是大师中的大师（这不是一顶空洞的高帽子，它的的确确就是说莫扎特是个为作曲家们欣赏

---

1 格鲁克（1714—1787），奥地利作曲家。

2 海顿（1732—1809），奥地利作曲家。

3 唐璜的传说在十七世纪前已流行于欧洲，在那以后他成为许多音乐、文学作品中的主人公。

4 莫扎特的歌剧《魔笛》中的一个代表真理和光明的人物。

的作曲家，而远远不是流行作曲家）；可是他是穿紧腿裤的宫廷侍从，而贝多芬却是个穿散腿裤的激进共和主义者；同样地海顿也是穿传统制服的侍从。在贝多芬和他们之间隔着一场法国大革命，划分开了十八世纪和十九世纪。但对贝多芬来说莫扎特可不如海顿，因为他把道德当儿戏，用迷人的音乐把罪恶谱成了像德行那样奇妙。如同每一个真正激进的共和主义者都具有的，贝多芬身上的清教徒性格使他反对莫扎特，固然莫扎特曾向他启示了十九世纪音乐的各种创新的可能。因此贝多芬上溯到亨德尔，一位和贝多芬同样倔强的老单身汉，把他奉为英雄。亨德尔瞧不上莫扎特崇拜的英雄格鲁克，虽然在亨德尔的《弥赛亚》[1]里的田园乐是极为接近格鲁克在他的歌剧《奥菲阿》[2]里向我们展示出的天堂的原野的各个场面的。

因为有了无线电广播，数百万对音乐还接触不多的人在他百年祭的今年将第一次听到贝多芬的音乐。充满着照例不加选择地加在大音乐家身上的颂扬话的数百篇的纪念文章将使人们抱有通常少有的期望。像贝多芬同时期的人一样，虽然他们可以懂得格鲁克和海顿和莫扎特，但从贝多芬那里得到的不但是一种使他们困惑不解的意想不到的音乐，而且有时候简直是听不出是音乐的由管

1　亨德尔谱写的宗教歌咏大曲。

2　格鲁克的歌剧，主题是奥菲尤斯下地狱去寻找死去的妻子尤里底西的故事。

弦乐器发出来的杂乱音响。要解释这也不难。十八世纪的音乐都是舞蹈音乐。舞蹈是由动作起来令人愉快的步子组成的对称样式，舞蹈音乐是不跳舞也听起来令人愉快的由声音组成的对称的样式。因此这些乐式虽然起初不过是像棋盘那样简单，但被展开了，复杂化了，用和声丰富起来了，最后变得类似波斯地毯；而设计像波斯地毯那种乐式的作曲家也就不再期望人们跟着这种音乐跳舞了。要有神巫打旋子的本领才能跟着莫扎特的交响乐跳舞。有一回我还真请了两位训练有素的青年舞蹈家跟着莫扎特的一阕前奏曲跳了一次，结果差点没把他们累垮了。就是音乐上原来使用的有关舞蹈的名词也慢慢地不用了，人们不再使用包括萨拉班德舞、巴万宫廷舞、加伏特舞和快步舞等等在内的组曲形式，而把自己的音乐创作表现为奏鸣曲和交响乐，里面所包含的各部分也干脆叫作乐章，每一章都用意大利文记上速度，如快板、柔板、谐谑曲板、急板等等。但在任何时候，从巴赫的序曲到莫扎特的《天神交响乐》，音乐总呈现出一种对称的音响样式，给我们以一种舞蹈的乐趣来作为乐曲的形式和基础。

可是音乐的作用并不止于创造悦耳的乐式。它还能表达感情。你能去津津有味地欣赏一张波斯地毯或者听一曲巴赫的序曲，但乐趣仅止于此；可是你听了《唐璜》前奏曲之后却不可能不产生一种复杂的心情，它使你心理有准备去面对将淹没那种精致但又是魔鬼式的欢乐的一场可怖的末日悲剧[1]。听莫扎特的《天神交响乐》最后一章时你会觉得那和贝多芬的第七交响乐的最后乐章一样，都是狂欢的音乐：它用响亮的鼓声奏出如醉如狂的旋律，而从头到尾又交织着一开始就有的具有一种不寻常的悲伤之美的乐调，因之更加沁人心脾。莫扎特的这一乐章又自始至终是乐式设计的杰作。

但是贝多芬做到了的一点，也是使得某些与他同时期的伟人不得不把他当作一个疯人，有时清醒就出些洋相或者显示出格调不高的一点，在于他把音乐完全用作了表现心情的手段，并且完全不把设计乐式本身作为目的。不错，他一生非常保守地（顺便说一句，这也是激进共和主义者的特点）使用着旧的乐式；但是他加给它们以惊人的活力和激情，包括产生于思想高度的那种最高的激情，使得产生于感觉的激情显得仅仅是感官上的享受，于是他不仅打乱了旧乐式的对称，而且常常使人听不出在感情的风暴之下竟还有什么样式存在着了。他的《英雄交响乐》一开始使用了一个乐式（这是从莫扎特幼年时一个前奏曲里借来的），跟着又用了另外几个很漂亮的乐式；这些乐式被赋予了巨大的内在力量，所以到了乐章的中段，这些乐式就全被不客气地打散了；于是，从

1　莫扎特的歌剧《唐璜》交织着悲剧和喜剧成分，结局是唐璜被送入了地狱。

只追求乐式的音乐家看来，贝多芬是发了疯了，他抛出了同时使用音阶上所有单音的可怖的和弦。他这么做只是因为他觉得非如此不可，而且还要求你也觉得非如此不可呢。

以上就是贝多芬之谜的全部。他有能力设计最好的乐式；他能写出使你终身享受不尽的美丽的乐曲；他能挑出那些最干燥无味的旋律，把它们展开得那样引人，使你听上一百次也每回都能发现新东西：一句话，你可以拿所有用来形容以乐式见长的作曲家的话来形容他；但是他的病征，也就是不同于别人之处，在于他那激动人的品质，他能使我们激动，并用他那奔放的感情笼罩着我们。当贝里奥滋[1]听到一位法国作曲家因为贝多芬的音乐使他听了很不舒服而说“我爱听了能使我入睡的音乐”时，他非常生气。贝多芬的音乐是使你清醒的音乐；而当你想独自一个静一会儿的时候，你就怕听他的音乐。

懂了这个，你就从十八世纪前进了一步，也从旧式的跳舞乐队前进了一步（爵士乐，附带说一句，就是贝多芬化了的老式跳舞乐队），不但能懂得贝多芬的音乐而且也能懂得贝多芬以后的最有深度的音乐了。

1 贝里奥滋（1803—1869），法国作曲家。

我与绘画的缘分

你走访的每一个国家都有它自己的主调，你即使见到了也无法描摹它，但你能观察它、理解它、感受它，也会永远地赞美它。

[英国]
温斯顿·丘吉尔
王汉梁 译

作者简介

温斯顿·丘吉尔（1874—1965）是英国政治家、演说家、画家和作家，曾任英国首相。《我与绘画的缘分》单独成篇，同时也是另一篇谈绘画的文章《业余绘画》的摘要，从中可见他对绘画的深厚感情和独特体会。

译文原载于《世界文学》1981 年第 1 期。

年至四十而从未握过画笔，老把绘画视为神秘莫测之事，然后突然发现自己投身到了一个颜料、调色板和画布的新奇兴趣中去了，并且成绩还不怎么叫人丧气——这可真是个奇异而又大开眼界的体验。我很希望别人也能分享到它。

为了得到真正的快乐，避免烦恼和脑力的过度紧张，我们都应该有一些嗜好。它们必须都很实在，其中最好、最简易的莫过于写生画画了。这样的嗜好在一个最苦闷的时期搭救了我。1915 年 5 月末，我离开了海军部，可我是内阁和军事委员会的一个成员。在这个职位上，我什么都知道，却什么都不能干。我有一些炽烈的信念，却无力去把它们付诸实现。那时候，我全身的每根神经都热切地想行动，而我却只能被迫赋闲。

尔后，一个星期天，在乡村里，孩子们的颜料盒来帮我忙了。我用他们那些玩具水彩颜料稍一尝试，便促使我第二天上午去买了一整套油画器具。下一步我真的动手了。调色板上闪烁着一摊摊颜料；一张崭新的白白的画布摆在我的面前；那支没蘸色的画笔重如千斤，性命攸关，悬在空中无从落下。我小心翼翼地用了大约像一颗小豆子那么大的一笔。恰恰那时候只听见车道上驶来了一辆汽车，而且车里走出的不是别人，正是著名肖像画家约翰·赖弗瑞爵士的才气横溢的太太。“画画！不过你还在犹豫什么哟！给我一支笔，要大的。”画笔扑通一声浸进松节油，继而扔进蓝色和白色颜料中，在我那块调色板上疯狂地搅拌了起来，然后在吓得簌簌直抖的画布上恣肆汪洋地涂了好几笔蓝颜色。紧箍咒被打破了。我那病态的拘束烟消云散了。我抓起一支最大的画笔，雄赳赳气昂昂地朝我的牺牲品扑了过去。打那以后，我再也不怕画布了。

这个胆大妄为的开端是绘画艺术极重要的一个部分。我们不要野心太大。我们并不希冀传世之作。能够在一盒颜料中其乐陶陶，我们就心满意足了。而要这样，大胆则是唯一的入场券。

我不想说水彩颜料的坏话，可是实在没有比油画颜料更好的材料了。首先，你能比较容易地修改错误。调色刀只消一下子就能把一上午的心血从画布上“铲”除干净；对表现过去的印象来说，画布反而来得更好。其次，你可以从各种途径达到自己的目的。假如开始时你采用适中的色调来进行一次适度的集中布局，尔后心血来潮时，你也可以大刀阔斧尽情发挥。最后，颜色调弄起来真是太妙了。假如你高兴，可以把颜料一层一层地加上去，你可以改变计划去适应时间和天气的要求。把你所见的景象跟画面相比较，简直令人着迷。假如你还没有那么干过的话，在你归天以前——不妨试一试。

慢慢地，当我们开始不感到选择适当的颜色、用适当的手法把它们画到适当的位置上去是一种困难时，我们便面临更广泛的思考了。人们会惊讶地发现在自然景色中还有那么多以前从未注意到的东西。每当走路乘车时，附加了一个新目的，那可真是新鲜有趣之极。山丘的侧面有那么丰富的色彩，在阴影处和阳光下迥然不同；水塘里闪烁着如此耀眼夺目的反光，光波在一层一层地淡下去；表面和边缘那种镀金镶银般的光亮真是美不胜收。我一边散步，一边留心着叶子的色泽和特征，山峦那迷梦一样的紫色，冬天的枝干的绝妙的边线，以及遥远的地平线的暗白色的剪影，那时候，我便本能地意识到了自己。我活了四十多岁，除了用普通的眼光，从未留心过这一切。好比一个人看着一群人，只会说“人可真多啊”一样。

我认为，这种对自然景色观察能力的提高，便是我从学画中得来的最大乐趣之一。假如你观察得极其精细入微，并把你所见的情景相当如实地描绘下来，结果画布上的景象就会惊人的逼真。

嗣后，我对美术馆便产生了一种新鲜的——至少对我如此——极其实际的兴趣。你看见了昨天阻碍过你的难点，而且你看见这个难点被一个绘画大师那么轻而易举地就解决了。你会用一种剖析的理解的眼光来欣赏一幅艺术杰作。

一天，偶然的机缘把我引到马赛附近的一个偏僻角落里。我在那儿遇见了两位塞尚的门徒。在他们眼中，自然景色是一团闪烁不定的光，在这里 ，形体与表面并不重要，几乎不为人所见，人们看到的只是色彩的美丽与和谐对比。这些彩色的每一个小点都放射出一种眼睛感受得到却不明其原因的强光。你瞧，那大海的蓝色，你怎么能描摹它呢？当然不能用现成的任何单色。临摹那种深蓝色的唯一办法，是把跟整个构图真正有关的各种不同颜色一点一点地堆砌上去。难吗？可是迷人之处也正在这里！

我看过一幅塞尚的画，画的是一座房子里的一堵空墙。那是他天才地用最微妙的光线和色彩画成的。现在我常能这样自得其乐：每当我盯着一堵墙壁或各种平整的表面时，便力图辨别从中能看出的各种各样不同的色调，并且思索着这些色调是反光引起的呢，还是出于天然本色。你第一次这么试验时，准会大吃一惊，甚至在最平凡的景物上你都能看见那么多如此美妙的色彩。

所以，很显然地，一个人被一盒颜料装备起来，他便不会心烦意乱，或者无所事事了。有多少东西要欣赏啊，可观看的时间又那么的少！人们会第一次开始去嫉妒梅休赛兰[1]。

注意到记忆在绘画中所起的作用是很有趣的。当惠斯特勒在巴黎主持一所学校时，他要他的学生们在一楼观察他们的模特儿，然后跑上楼，到二楼去画他们的画。当他们比较熟练时，他就把他们的画架放高一层楼，直到最后那些高才生们必须拼命奔上六层楼梯到顶楼里去作画。

1　梅休赛兰，远古传说中的人物，活了九百六十九岁，已成为长寿之象征。

所有最伟大的风景画常常是在最初的那些印象归纳起来好久以后在室内画出来的。荷兰或者意大利的大师在阴暗的地窖里重现了尼德兰狂欢节上闪光的冰块，或者威尼斯的明媚阳光。所以，这就要求对视觉形象具有一种惊人的记忆力。就发展一种受过训练的精确持久的记忆力来说，绘画是一种十分有效的锻炼。

另外，作为旅游的一种刺激剂，实在没有比绘画更好的了。每天排满了有关绘画的远征和实践——既省钱易行，又能怡情养心。哲学家的宁静享受替代了旅行者的无谓的辛劳。你走访的每一个国家都有它自己的主调，你即使见到了也无法描摹它，但你能观察它、理解它、感受它，也会永远地赞美它。不过，只要阳光灿烂，人们是大可不必出国远行的。业余画家踌躇满志地从一个地方到另一个地方东游西荡，老在寻觅那些可以入画、可以安安稳稳带回家去的迷人胜景。

作为一种消遣，绘画简直十全十美了。我不知道还有什么在不筋疲力竭、消耗体力的情况下比绘画更使人全神贯注的了。不管面临何等的目前的烦恼和未来的威胁，一旦画面开始展开，大脑屏幕上便没有它们的立足之地了。它们退隐到阴影黑暗中去了。人的全部注意力都集中到了工作上面。当我列队行进时，或者甚至，说来遗憾，在教堂里一次站上半个钟点，我总觉得这种站立的姿势对男人来说很不自在，老那么硬挺着只能使人疲惫不堪而已。可是却没有一个喜欢绘画的人接连站三四个钟点画画会感到些微的不适。

买一盒颜料，尝试一下吧。假如你知道充满思想和技巧的神奇新世界，一个阳光普照、色彩斑斓的花园正近在咫尺等待着你，与此同时你却用高尔夫和桥牌消磨时间，那真是太可怜了。惠而不费，独立自主，能得到新的精神食粮和锻炼，在每个平凡的景色中都能享有一种额外的兴味，使每个空闲的钟点都很充实，都是一次充满了销魂荡魄般发现的无休止的航行——这些都是崇高的褒赏。我希望它们也能为你所享有。

PART / 4

静

静

生活已留在那边，留在这些崇山峻岭之外了，我们已进入寂静的幸福之邦，这寂静之邦何以名之，我们的语言中找不到恰当的字眼。

[俄罗斯]

伊凡·亚历克塞维奇·蒲宁

戴骢 译

作者简介

伊凡·亚历克塞维奇·蒲宁（1870—1953）是俄国作家。主要作品有诗集《落叶》、短篇小说《安东诺夫的苹果》《松树》《新路》、中篇小说《乡村》等。1933年，作品《米佳的爱情》获诺贝尔文学奖。获奖理由："他严谨的艺术才能，使俄罗斯古典传统在散文中得到继承。"

蒲宁深受法国十九世纪末叶高蹈派的影响，但他同时又反对先锋派创作倾向而热烈信奉普希金的浪漫主义诗歌传统。在他的诗歌中，大多都是赞美河山、讴歌散发清香的乡村和辽阔的森林原野。他通过描绘自然风光来抒发心中的感受和联想，表现出对往昔贵族地位的留恋和家业衰败的惋惜，文笔生动细腻。

译文原载于《世界文学》1987年第4期。

我们是在夜里到达日内瓦的，正下着雨。拂晓前，雨停了。雨后初霁，空气变得分外清新。我们推开阳台门，秋晨的凉意扑面而来，使人陶然欲醉。由湖上升起的乳白色的雾霭，弥漫在大街小巷。旭日虽然还是朦朦胧胧的，却已经朝气勃勃地在雾中放着光。湿润的晨风轻轻地拂弄着盘绕在阳台柱子上的野葡萄血红的叶子。我们盥漱过后，匆匆穿好衣服，走出了旅社，由于昨晚沉沉地睡了一觉，精神抖擞，准备去做尽情的畅游，而且怀着一种年轻人的预感，认为今天必有什么美好的事在等待着我们。

“上帝又赐予我们一个美丽的早晨，”我的旅伴对我说，“你发现没有，我们每到一地，第二天总是风和日丽？千万别抽烟，只吃牛奶和蔬菜。以空气为生，随日出而作，这会使我们神清气爽！不消多久，不但医生，连诗人都会这么说的……别抽烟，千万别抽，我们就可体验到那种久已生疏了的感觉，感觉到洁净，感觉到青春的活力。”

可是日内瓦湖在哪里？有片刻工夫，我们茫然地停下来。远处的一切，都被轻纱一般亮晃晃的雾覆盖着。只有街梢那边的马路已沐浴在霞光下，好似黄金铸成的。于是我们快步朝着被我们误认为是浮光耀金的马路走去。

初阳已透过雾霭，照暖了阒无一人的堤岸，眼前的一切无不光芒四射。然而山谷、日内瓦湖和远处的萨瓦山脉依然在吐出料峭的寒气。我们走到湖堤上，不由得惊喜交集地站住了脚，每当人们突然看到无涯无际的海洋、湖泊，或者从高山之巅俯视山谷时，都会情不自禁地产生这种又惊又喜的感觉。萨瓦山消融在亮晃晃的晨岚之中，在阳光下难以辨清，只有定睛望去，方能看到山脊好似一条细细的金线，迤逦于半空之中，这时你才会感觉到那边绵亘着重峦叠嶂。近处，在宽广的山谷内，在凉飕飕的、润湿而又清新的雾气中，横着蔚蓝、清澈、深邃的日内瓦湖。湖还在沉睡，簇拥在市口的斜帆小艇也还在沉睡。它们就像张开了灰色羽翼的巨鸟，但是在清晨的寂静中还无力拍翅高飞。两三只海鸥紧贴着湖水悠闲地翱翔着，冷不丁其中的一只忽地从我们身旁掠过，朝街上飞去。我们立即转过身去望着它，只见它猛地又转过身子飞了回来，想必是被它所不习惯的街景吓坏了……朝阳初上之际有海鸥飞进城来，住在这个城市里的居民该有多幸福呀！

我们急欲进入群山的怀抱，泛舟湖上，航向远处的什么地……然而雾还没有散，我们只得信步往市区走去，在酒店里买了酒和干酪，欣赏着纤尘不染的亲切的街道和静悄悄的金黄色的花园中美丽如画的杨树和法国梧桐。在花园上方，天空已被廓清，晶莹得好似绿松石一般。

“你知道吗，”我的旅伴对我说，“我每到一地总是不敢相信我真的到了这个地方，因为这些地方，我过去只能看着地图，幻想前去一游，并且时时提醒自己，这只不过是幻想而已。意大利就在这些崇山峻岭的后边，离我们非常之近，你感觉到了吗？在这奇妙的秋天，你感觉到南国的存在吗？瞧，那边是萨瓦省[1]，就是我们童年时代阅读过的催人落泪的故事中所描写的牵着猴子的萨瓦孩子们的故乡！”

码头旁，游艇和船夫都在阳光下打着瞌睡。在蓝莹莹的清澈的湖水中，可以看到湖底的沙砾、木桩和船骸。这完全像是个夏日的早晨，只有主宰着透明的空气的那种静谧告诉人们现在已是晚秋。雾已经消散得无影无踪，顺着山谷，极目朝湖面望去，可以看得异乎寻常的远。我们迫不及待地脱掉上衣，卷起袖子，拿起了桨。码头落在船后了，离我们越来越远。离我们越来越远的还有在阳光下光华熠熠的市区、湖滨和公园……前面波光粼粼，耀得我们眼睛都花了，船侧的湖水越来越深，越来越沉，也越来越透明。把桨插入水中，感觉水的弹性，望着从桨下飞溅出来的水珠，真是一大乐事。我回过头去，看到了我旅伴那升起红晕的脸庞，看到了无拘无束地、宁静地荡漾在坡度缓坦的群山中间浩瀚的碧波，看到了漫山遍野正在转黄的树林和葡萄园，以及掩映其间的一幢幢别墅。有一刻，我们停住了桨，周遭顿时静了下来，静得那么深邃。

1 法国临省，毗邻瑞士。

我们闭上眼睛，久久地谛听着，什么声音也没有，只有船划破水面时，湖水流过船侧发出的一成不变的汩汩声。甚至单凭这汩汩的水声也可猜出湖水多么洁净，多么清澈。

“划吗？”我问。

“慢着，你听！”

我把桨提出水面，连汩汩的水声也渐渐消失。从桨上滴下一颗水珠，然后又是一颗……太阳照得我们的脸越来越热……就在这时，一阵悠扬的钟声，从很远很远的地方飘至我们耳际，这是深山中某处的一口孤钟。它离我们那么远，有时我们只能隐隐约约听到它的声音。

“你还记得科隆[1]大教堂的钟声吗？”我的旅伴压低声音问我。“那天我比你醒得早，天还刚刚拂晓，我便站在洞开的窗旁，久久地谛听着独自在古老的城市上空回荡的清脆的钟声。你还记得科隆大教堂的管风琴和那种中世纪的壮丽吗？还有莱茵省[2]，那些古老的城市，古老的图画，还有巴黎……然而那一切都无法和这里相比，这里更美……”

由深山中隐隐传至我们耳际的钟声温柔而又纯净，闭目坐在

---

1 德国城市名。

2 法国省名。

船上，侧耳倾听着这钟声，享受着太阳照在我们脸上的暖意和从水上升起的轻柔的凉意，是何等的甜蜜、舒适。有一艘闪闪发亮的白轮船在离我们约莫两俄里远的地方驶过，明轮拍击着湖水，发出疏远、喑哑、生气的嘟囔声，在湖面上激起一道道平展的、像玻璃一般透明的波，缓缓地朝我们奔来，终于柔情脉脉地晃动了我们的小船。

“瞧，我们已置身在崇山的怀抱之中，”当轮船渐渐变小，终于隐没在远处以后，我的旅伴对我说，“生活已留在那边，留在这些崇山峻岭之外了，我们已进入寂静的幸福之邦，这寂静之邦何以名之，我们的语言中找不到恰当的字眼。”

他一边慢慢地划着桨，一边讲着，听着。日内瓦湖越来越辽阔地包围着我们。钟声忽近忽远，似有若无。

“在深山中的什么地方有一座小小的钟楼，”我想道，“独自在用它回肠荡气的钟声赞颂着礼拜天早晨的安谧和寂静，召唤人们踏着俯瞰蓝色的日内瓦湖的山道，到它那儿去……”

极目四望，山上大大小小的树林都抹上了绚丽而又柔和的秋色，一幢幢环翠挹秀的美丽的别墅正在清静地度过这阳光明媚的秋日……我舀了一杯水，把茶杯洗净，然后把水泼往空中。水往天上飞去，迸溅出一道道光芒。

“你记得《曼弗雷德》[1]吗？”我的同伴说，“曼弗雷德站在伯尔尼兹阿尔卑斯山脉[2]中的瀑布前。时值正午。他念着咒语，用双手捧起一掬清水，泼向半空。于是在瀑布的彩虹中立刻出现了童贞圣母山……写得多美呀！此刻我就在想，人也可以崇拜水，建立拜水教，就像建立拜火教一样……自然界的神力真是不可思议！人活在世上，呼吸着空气，看到天空、水、太阳，这是多么巨大的幸福！可我们仍然感到不幸福！为什么？是因为我们的生命短暂，因为我们孤独，因为我们的生活谬误百出？就拿这日内瓦湖来说吧，当年雪莱来过这儿，拜伦来过这儿……后来，莫泊桑也来过。他孑然一身，可他的心却渴望整个世界都幸福。当年所有的理想主义者，所有的恋人，所有的年轻人，所有来这里寻求幸福的人都已弃世而去，永远消逝了。我和你有朝一日，同样也将弃世而去……你想喝点儿酒吗？”

我把玻璃杯递过去，他给我斟满酒，然后带着一抹忧郁的微笑，补充说：

“我觉得，有朝一日我将融入这片亘古长存的寂静中，我们都站在它的门口，我们的幸福就在那扇门里边。你是否记得易卜生的

1 《曼弗雷德》是英国诗人拜伦的诗剧，发表于1817年。1903年，蒲宁将其译成俄文。

2 位于瑞士南部，是阿尔卑斯山脉的一部分。

那句话：‘玛亚，你听见这寂静吗？’[1]我也要问你：你有没有听见这群山的寂静呢？”

我们久久地遥望着重重叠叠的山峦和笼罩着山峦的洁净、柔和的碧空，空气中充溢着秋季的无望的忧悒。我们想象着我们远远地进入了深山的腹地，人类的足迹还从未踏入过那里……太阳照射着四周都被山岭锁住的深谷，有只兀鹰翱翔在山岭与蓝天之间的广阔的空中……山里只有我们两人，我们越来越远地向深山中走去，就像那些为了寻找火绒草而死于深山老林中的人一样……

我们不慌不忙地划着桨，谛听着正在消失的钟声，谈论着我们去萨瓦省的旅行，商量我们在哪些地方可以逗留多少时间，可我们的心却不由自主地离开话题，时时刻刻在向往着幸福。我们以前从未见到过的自然景色的美，以及艺术的美和宗教的美，不论是哪里的，都激起我们朝气蓬勃的渴求，渴求我们的生活也能升华到这种美的高度，用出自内心的欢乐来充实这种美，并同人们一起分享我们的欢乐。我们在旅途中，无论到哪里，凡是我们所注视的女性无不渴求着爱情，那是一种高尚的、罗曼蒂克的、极其敏感的爱情，而这种爱情几乎使那些在我们眼前一晃而过的完美的女性形象神化了……然而这种幸福会不会是空中楼阁呢？否则

1　语出挪威剧作家易卜生所著《当我们这些死者苏醒的时候》一剧的第一幕。

为什么随着我们一步步去追求它，它却一步步地往郁郁苍苍的树林和山岭中退去，离我们越来越远？

那位和我在旅途中一起体验了那么多欢乐和痛苦的旅伴[1]，是我一生中所爱的有限几个人中的一个，我的这篇短文就是奉献给他的。同时我还借这篇短文向我们两人所有志同道合的萍飘天涯的朋友致敬。

1 系指俄国画家和古物鉴赏家弗·巴·库罗夫斯基（1869—1915）。

铁路

我们像暴风雨来临前的乌云在疾驰，像归心似箭的候鸟在飞翔。我们这匹野马在呼吸，在喷着响鼻，它的鼻孔冒着滚滚黑烟。

[丹麦]

汉斯·克里斯蒂安·安徒生

刘季星 译

作者简介

汉斯·克里斯蒂安·安徒生(1805—1875)，丹麦著名童话作家、诗人、剧作家和小说家。一生创作了大量的童话故事，此外还有诗集《幻想和速写》、散文集《旅行剪影》《哈兹山中漫游记》、小说《即兴诗人》等。读一读一百七十多年前童话作家安徒生为火车写下的这篇小散文吧，他对火车表达的惊叹和我们对他的童话故事表达的惊叹不相上下。

译文原载于《世界文学》2002 年第 4 期。

一八四〇年十一月八日，由马格德堡去莱比锡

因为我的许多读者从未见过铁路，我想先谈一点对于铁路的印象。让我们拿一条普通的公路来看：在公路上能够笔直地行走，也能够大转弯，向右转向左转都可以，但必须在平面上走，如同客厅里的地板那么平。为了这个缘故，就要逢山开隧道，遇到沼泽地和大山谷就造桥，造那种桥墩坚固的拱桥。当要行车的地段把路面平整完毕以后，我们就铺上铁轨，这样车轮才有依托。司机在车头紧紧地控制着蒸汽机，他知道怎样把它开动或停住。车厢一个连着一个，里面坐满了人，或者载满了牲口——于是我们就上路了。

火车到达的准确时间，一路上的每一个车站都能知道，因为火车行驶时，周围几里地之内的人都可以听到汽笛发出的信号；旁侧路上平常车辆通过的地方，行人穿越铁路的地方，守道岔的人就会放下木杆，把他们全都拦住，懂规矩的行人就必须等到我们过去以后才恢复走动。沿着铁路线从这一头到那一头，盖了许多小房子，让护路的人员守在里面，彼此可以看到各人挥动的小旗子，并且一定要按时把所管路轨上的石块和树枝清除干净。

铁路就是这样，我希望读者能够明白！

我这是生平第一遭见到铁路。从不伦瑞克到马格德堡[1]，坐马车走了半天又半夜，路非常难走，抵达马格德堡时我已疲惫不堪，一个小时之后我还必须乘火车离开这里。我不能否认，当我走进灯火通明的车站大楼之前，就已经有了一种感觉，我只能把它叫作“火车热”，而且到了登峰造极的地步。大楼里有一大堆旅客，他们拿着行李和绒布的手提包，在急急忙忙地四处走动。火车头在嘶嘶地喷着鼻子，汽笛在不停地吼叫，好像它们都在那里放汽。旅客们开始时真的都不知道该站在什么地方，才不致落到车厢底下，落到蒸汽锅炉或者一长串货车底下：但事实上他们安然无恙地站在月台上，载客的车厢排成一列，稳稳地停靠在月台的右边，就像许多条小舢板停泊在码头上一样。不过在车站外面，一前一后两条铁轨如同有魔力的链条——它们事实上的确是人类的智慧打造出来的有魔力的链条，我们有魔力的车厢必须受它们的约束；一旦脱离它们的约束，便会有车翻人亡、折手断足的危险。我注视着这些火车头、分隔的车厢、冒烟的烟囱，以及天知道叫作什么的东西，所有这一切似乎构成了一个魔幻的世界。每一件东西似乎都在活动。现在蒸汽和噪音，混同着挤进车厢寻找座位的嘈杂的声

1　两地都是德国中部的城市。

音、牛的气味、机车那有规则的心跳、释放蒸汽的呼啸和嘶嘶声，加强了你得到的印象。一个人如果像我当时那样站在那里，第一次见到这种情景，他会以为火车会把他撞翻在地，丢胳膊少腿；或者把他抛到天上，或者把他夹在两列火车中间挤成肉饼。不过我认为只有第一次见到这种场面的人，才会有这样的想法。

我面前这列火车分成三个部分，前面两节是宽敞的封闭的车厢，与我们的马车一模一样，只不过更加宽敞。第三部分是几节敞车，即使是穷苦的农民也可以乘坐，因为票价非常低廉——花费比坐马车长途旅行还要便宜，乘马车时要几次停车用餐，说不定中途还要住小客栈宿夜。响了一声汽笛，但这种声音并不叫人愉快，简直像是一头猪被刀子捅进喉头时发出的“天鹅之歌”。旅客坐进了宽大的车厢，乘务员把车门锁上，拿走了钥匙，不过我们可以放下窗子，享受新鲜的空气，一点也不用担心窗口的风。坐火车同坐别的车子确实没有两样，只不过更加舒服些，一个人刚经过几小时的长途跋涉而弄得筋疲力尽，这时就可以完全放松了。

车厢里的旅客最初的感觉是好像有人轻轻地推了你一把，这些车厢犹如几条把旅客捆在一起又伸得很长、绷得很紧的铁链。汽笛又叫了一声，我们开动了，但走得比较慢，最初几步迈得很轻，如同孩子的小手在拉一辆小车子那样。火车逐渐加速，不过不容易觉察。你读你的书，或者看你的地图，实在没有想到旅程真的已经开始了，因为火车在滑行，好像雪橇在光滑的雪地上滑行一样。你一抬眼看窗外，才发现你在疾驰，像一匹马在飞奔。车速越来越快，你好像在飞翔，可是一点也不觉得摇晃、动荡，根本不存在你所想象的那种不愉快的感觉！附近有个红光一闪，那是什么东西？那是一位铁路工人，正手持小红旗站在那里。快看！铁路线旁边的田野像飞箭似的在奔流，草地和树木也在互相追逐，互相吞并——旅客有站在地球之外看着地球旋转的感觉。眼睛朝同一个方向注视太久，会损害视力，不过你稍微朝远处看看，那边的景物虽然也在移动，但与我们在迅速行进时看见它们的样子差不多，并不快多少；而更远处的地平线上，那里的景物却好像是站着不动似的——整个地区的图景尽收眼底，脑子里装的是全地区的印象。

这的的确确是一个人在穿越平原上的乡村时所见到的情景。好像几个小镇紧紧地挨在一起，一下子是这一个，一下子是另一个！这像候鸟飞过时必定会见到的一些小镇。在小路上行走的普通的旅游者似乎是静止不动的；拉着马车的几匹马抬起了脚，可是看起来好像它们又把脚放回了原地——就是这样，我们越过它们往前走了。

大家知道一个美国人坐火车的故事，他第一次坐火车，在车里看到铁路边上的路标一个跟着一个接连不断地往后退，以为火车是在公墓里行驶，他见到的是墓碑。我不是要重述这个故事，只不过这个故事很好地表明了火车的速度；而我之所以想起这个故事——虽然这里并没有刻着里程的石路标，只是代表里程的小红旗，然而，设若这个美国人见到这些小红旗，必定会说，为什么今天每个人都拿面红旗出来？

另外，我讲一个自己的故事。当火车驶过一面墙，看到墙上简单地画了几笔，我旁边一个旅客就说："我们现在进入克滕公国境内了。"他捏了一撮鼻烟，把鼻烟盒递给我。我低头取了一撮鼻烟，打了一个喷嚏，嘴里说："我们在克滕公国要行驶多长时间？""啊，"他回答说："你打喷嚏的时候，我们就已经出境了。"

但是蒸汽机车可以走得比我们现在的速度快两倍。我们走个几分钟，就停一个车站，上下旅客，同时车速就要降低。当我们在车站停留的时候，窗外卖食物的人就来兜揽生意，来点小吃或叫份大餐都可以，随你喜欢。付了钱，一只烤乳鸽就准确无误地飞进嘴巴里，于是我们又继续开动。我们读书，或者欣赏自然风光，眺望一群母牛，它们正受到惊扰，频繁地来回走动；几匹马忽见二十辆车子不劳它们的大驾也能大获成功，而且跑得比有它们相助时还要快，立刻挣脱缰绳，逃之夭夭。如此这般，我们突然发现又来到了天棚底下，火车进站了——我们在三个小时之内行程六十多英里，已经抵达莱比锡。也是在这一天，在我们之后的四个小时，另一列火车用同样的时间，走了差不多同样的路程，又钻山洞，又过铁桥，到了德累斯顿。

我曾经听到许多议论，说是铁路的出现将会使旅行的诗意和浪漫情调丧失无遗，一切美好有趣的消遣都不可复得了。这里就说有趣的消遣吧，每个人都可以自由自在地在他所喜欢的任何一个车站下车，一饱眼福，等到下一班火车来后可以再上车。至于说旅行的诗意将从此消失，我的意见完全相反。坐在狭窄的公共马车或邮递马车里，旅客挤得满满的，倒是一点诗意也没有。一个人坐在这种马车里会变成木头。即使遇到最好的天气，也会因为弄得满头尘土和一身大汗而烦恼；到了冬季，又会因为路途艰难而抱怨不已。出门在外不仅享受不到乡村生活的许多乐趣，花费的时间反而比乘坐火车还要长。

而在精神上，这一发明又产生了多么令人惊奇的影响啊！人们会觉得像古代的魔法师似的那么强大有力。我们把一匹神马拉来驾车，距离立刻消灭了。我们像暴风雨来临前的乌云在疾驰，像归心似箭的候鸟在飞翔。我们这匹野马在呼吸，在喷着响鼻，它的鼻孔冒着滚滚黑烟。梅菲斯托菲里斯把浮士德罩在外套里飞奔时，也不可能比它更快。在当今这个时代，我们利用了自然的手段而变得如此强大有力，可与中世纪的人们所想象的无所不能的魔鬼相比。利用我们的智慧，我们已和它并驾齐驱，并且在它没有发觉的时候又超过了它。

我想起生活中有几次觉得自己深受感动，像这时一样，好像心无旁骛地与上帝面对面地站着。我感到自己有了一种信念，那只是儿童时代进教堂时所感觉到的，或者长大成人后在阳光四射的树林里，或星光灿烂的夜晚在风平浪静的海面上所感到的。诗的王国中的主宰者并非只是感觉和幻想，它们还有一个兄弟，同样握有生杀予夺的大权，他的名字叫作理解。他一直在宣扬一个永恒的真理，其中包含着崇高和诗意。

一八四〇年十二月四至五日，在亚平宁山脉中

……我的前额靠在窗子的铁栅上，想起我在丹麦那个小房间，我在这里并不感到更加孤独。凡是有一个美满家庭的人，都会思家；凡是无家可归的人，四海为家，到任何地方都没有什么两样。再过几分钟，这个房间就会变成我的家了，尽管我对周围的情况至今仍一无所知……

越过布伦纳山口进入意大利 。

……面前是下坡路，美丽如画，十分可爱。山路迂回缠绕，盘旋曲折，然后穿过一道道有围墙的拱门，常常进入小山丘的隐蔽之处，阳光温暖，积雪消融，绿叶成荫，“可爱的意大利啊！”我们不禁欢呼起来。马车夫抽了一下响鞭，四面传来回声。

孟加拉风光（选）

如果我能一天写一首诗，我的生命将在一种喜乐中度过；

〔印度〕
拉宾德拉纳特·泰戈尔
冰心 译

作者简介

拉宾德拉纳特·泰戈尔（1861—1941）是印度大诗人、作家，代表作有《吉檀迦利》《飞鸟集》《眼中沙》《四个人》《家庭与世界》《园丁集》《新月集》《最后的诗篇》《戈拉》《文明的危机》等。1913年以《吉檀迦利》获诺贝尔文学奖。这里选译的《孟加拉风光》是书信集，所收集的都是诗人给朋友写的私信，写得既轻松又深刻，既活泼又严肃，流露出一颗年轻的心的自由奔放。

译文原载于《世界文学》1962年第4期。

在我的窗前，河的彼岸，有一群吉卜赛人在那里安家，支起了上面盖着竹席和布片的竹架子。这样的结构只有三所，矮得在里面站不起来。他们生活在空旷中，只在夜里才爬进这隐蔽所去，拥挤着睡在一起。

吉卜赛人的生活方式就是这样：哪里都没有家，没有收租的房东；带着孩子和猪或一两只狗，到处流浪；警察们总以提防的目光跟着他们。

我常常注意看靠近我们的这一家人在做些什么。他们生得很黑但是很好看，身躯健美，像西北农民一样；他们的妇女很丰硕；那自如随便的动作和自然独立的气派，在我看来很像黧黑的英国妇女。

那个男人刚把饭锅放在炉火上，现在正在剪竹编筐。那个女人先把一面镜子举到面前，然后用湿手巾再三地仔细地擦着脸；又把她上衣的褶子整理妥帖，干干净净地，走到男人身边坐下，不时地帮他干活。

他们真是土地的儿女，出生在土地上的某一个地方，在任何地方的路边长大，在随便什么地方死去。日夜在辽阔的天空之下，开朗的空气之中，在空旷的土地上，他们过着一种独特的生活；他们劳动，恋爱，生儿育女和处理家务——每一件事都在土地上进行。

他们一刻也不闲着，总在做些什么。一个女人，她自己的事做完了，就扑通坐在另一个女人的身后，解开她的发髻，替她梳理；一面也许就谈着这三个竹篷人家的家事，从远处我不能确定，但是我大胆地这样猜想着。

今天早晨，一个很大的骚乱侵进了这块吉卜赛人宁静的住地里。差不多八点半或是九点钟的时候，他们正在竹席顶上摊开那当作床铺用的破烂被窝和各种各样的毯子，为的是晒晒太阳见见风。母猪领着猪仔一堆堆地躺在湿地里，远远望去就像一堆泥土。这家的两只狗把它们赶了起来，咬它们，让它们出去寻找早餐。经过一个冷夜之后，正在享受阳光的这群猪，被惊吵起来就哇哇地叫出它们的厌烦。

我正在写着信，又不时心不在焉地往外看，这场吵闹就在此时开始。

我站起走到窗前，发现一大群人围住这吉卜赛人的住处。一个很神气的人物，在挥舞着棍子，信口骂出最难听的话语。吉卜赛的头人，惊慌失措地正在竭力解释些什么。我推测是当地出了些可疑的事件，使得警官到此查问。

那个女人直到那时仍在坐着，忙着刮那劈开的竹条，那种镇静的样子，就像是周围只有她一个人，没有任何吵闹发生似的。然而，她突然跳着站起，向警官冲去，在他面前使劲地挥舞着手臂，用尖粗的声音责骂他。霎时间，警官的三分之一的激动消失了，他想提出一两句温和的抗议也没有机会，因此他垂头丧气地走了，就像完全变了一个人似的。

等他退到一个安全的距离之后，他回过头来喊："我只要说，你们全得从这儿搬走！"

我以为我对面的邻居会即刻卷起席篷，带着包袱、猪和孩子一齐走掉。但是至今还没有一点动静，他们还在若无其事地劈竹子、做饭或者梳妆。

1891 年 2 月 沙乍浦

我总在傍晚时分独自在屋顶凉台上散步。昨天下午我觉得把本地风光介绍给客人是我的责任，因此我陪他们一块儿出去散步，带着阿勾里做个向导。

在地平线的边缘，远远一片树林是青翠的，一片浅蓝色的薄云徐徐升起，笼盖在树林上面，看上去特别美丽。我想把它描画得带点诗意，我说这就像蓝色的化妆药水抹在睫毛的边上，使美丽的蓝眼睛更加美妙。在我的同伴之中，一个没有听见我的话，一个没有听懂，同时第三个用应付的话来回答："对了，很好看。"我感到我奋发的诗情再也鼓不起来了。

走了一里路以后，我们到达一个水坝。水边有一排棕榈树，树下有一股天然的泉水。在我们站住观泉的时候，我们发现我们看见过的北方天边那一片蓝云，胀大了，变黑了，向着我们奔来了，同时电光也闪将起来。

我们得出了同一结论，就是，观赏自然的美，可以更好地在屋檐下进行，但正在我们踅回家去的时候，暴风雨已在空旷的荒野上，怒吼着踏着大步赶上我们。我没想到我正赞赏美丽的自然夫人睫上的蓝水时，她却会像一个生气的主妇那样追赶着我们，要给我们一记这么响的嘴巴！

沙土迷天，几步外什么都看不见了。风雨更强烈了。沙地上的碎砾打在我们身上，就像枪子似的，狂风又掐住我们的颈背，开始下落的雨点，鞭打着我们，撵着我们跑。

跑呀！跑呀！但是这里，地是不平的，水流给它留下深深的瘢痕，平时都难走过，在风雨中就更不容易了。我陷在荆棘丛里，当我站起挣开的时候，差点被狂风掀在地下。

当我们快到家的时候，一群仆人又像一阵风暴似的，叫喊着，做着手势奔向我们。有的拉着我们的手臂，有的悲叹我们的窘境，有的热切地给我们引路，有的趴伏在我们的背上，仿佛怕狂风要把我们一齐刮走似的。我们竭力摆脱了他们的殷勤，最后，好不容易进到房子里，带着淋透的衣服、污秽的身体、凌乱的头发，喘息着。

我得到了一个教训；我将不再在小说或故事里写下这样的谎言，就是一位主人翁能够心头怀着情人的形象，毫不焦急地在风雨中行走。没有人能够在心里记住任何面貌，不论它多美，在这样的一场风雨里——光是不让沙子进入眼里，就够他忙的了！……

毗湿奴派诗人有声有色地歌唱拉达如何在风雨之夜去赴和克里希纳的幽会。我不知道他们是否曾停下来想一想：当她走到他面前的时候，该是什么样子？很容易设想到，她的头发是那样的零乱，还有她的那些涂泽妆饰会变成什么样子。当她遍身泥污地跑到那凉亭上的时候，她一定难看极了！

但当我们读着毗湿奴派诗歌的时候，我们从不想到这些。在我们心头的画面上，我们只看到一个美丽的女子，被她的绝世无双的英俊的情人所吸引，做梦似的在雨季沉黑的风雨之夜，不顾一切地穿过开满繁花的醉花树底，来到米木拿河边。她系起脚镯怕它作响；她披上深蓝色的斗篷，怕被人看见；但是她没有打着伞来防雨淋；也没有带着灯怕跌倒！

有用的东西真是可怜——在实际生活中虽然那么重要，而在诗歌里却是那样的被忽视！但是诗歌无论如何也不能把我们从和它的联系上甩开，它将永远和我们在一起；甚至于这样，我们听说，文明进步的时候，消灭的将会是诗歌，但是它的特征将一个一个地不断被提了出来，作为改良鞋子和雨伞之用。

1892 年 5 月 12 日 波浦

这里没有教堂塔顶的钟声，附近也没有居民，鸟儿一停止了歌唱，绝对的静寂就和夜晚一齐来到。在这里，初夜和深夜没有多大差别。在加尔各答，不眠之夜像一条黑暗的缓流的大河；你仰卧在床上的时候，能够数出它流过的种种声音。但是在这里，夜晚像一片阔大静止的湖水，安稳地睡着，一点动静都没有。当我昨夜辗转反侧的时候，我感到就像包围在浓厚的止水里一样。

今早我比平常起晚了一点，下楼到我屋子里去。背倚在靠垫上，叠膝而坐。这样，胸前放一块石板，我开始在晨风和鸟声的伴奏下写诗。我进行得很顺利——微笑在我的唇边浮泛，我的眼睛半闭着，我的头随着韵律摇晃，我哼着的东西渐渐成形——当邮差来到的时候。

我收到一封信，最近一期的《实践》杂志，一本《一元论者》和几张校样。我读了信，浏览了未裁开书页的《实践》杂志，然后又回去点头哼哼着写我的诗。我没有做其他的事情，一直把诗写完。

我不知道为什么写着一页一页的散文也没有给我以写一首诗那么大的快乐。一个人的种种情感，在诗歌上能应用完美的形式，就仿佛能用指头拈起来似的。但是散文就像满满一袋的松散的东西，又笨重又重大，不能随便地提起来。

如果我能一天写一首诗，我的生命将在一种喜乐中度过；虽然我侍弄诗歌已经有几个年头，但它还没有被我驯服起来，还不是那种可以让我随时套上笼头的飞马！艺术的快乐，就在于当幻想愿意的时候，有个长空万里飞行的自由；那时节，即使在回到世界监狱里面之后，回响和欢情还会在耳边和心头缭绕着。

短诗不断地不招自来，这样就妨碍我把剧本写下去。若不是因为这缘故，我大可以把叩我心门的一些思想，放进两三个剧本里去。我恐怕必须等到寒冷的冬天，除了《齐德拉》以外，我的所有的剧本都是在冬天写成的。在那个季节，抒情的意味容易变冷，人就有工夫去写剧本。

1892 年 5 月 6 日 波浦

每当看到一幅美丽的风景画时，我常想：“如果我能住在里面，那有多好！”就是这种愿望在这里得到了满足。在这里，一个人在一个没有真实的、冷酷的、色彩鲜明的画图中，活泼了起来。当我小的时候，《保罗和弗珍妮亚》或《鲁滨孙漂流记》书里的森林和海的插图，会让我从日常世界中飘游出去；这里的阳光把我当年凝视这些图画时候的感觉，又带到我的心上来。

我不能真切地说明或明确地解释，在我心中所引起的是哪一种的渴望。这仿佛是什么水流的脉搏流过了把我和广大世界连起的干线。我感到，仿佛那模糊遥远的、我和大地上一切合一的时期的记忆，又回到我的心上来了；在我上面长着青草的时候，在我上面照着秋光的时候，在柔和的阳光接触之下，青春的温热气息会从我的宽大、柔软、青绿身躯的每一个气孔里升上来，一个新鲜的生命、一种温柔的喜乐，将不自觉地隐藏起来，而又从我所有的广漠中无言地倾吐了出来，当它静默地和它的各个国家和山和海在光明的蓝天下伸展着的时候。

我的感觉就像是我们古老的大地，在被太阳吻着的日常生活中的狂欢感觉；我自己的意识仿佛涌流过每一片草叶，每一条吮吸着的草根，穿过树干和树叶一同上升，在喜悦的颤抖中，和在田中摇动的玉米和沙沙作响的棕叶一同绽放着。

我感到我不得不表示出我和大地的血缘联系，和我对她的亲属之爱，但是我恐怕人家不会了解我。

1892 年 8 月 20 日 西来达

在痛苦的病后，我还觉得软弱，正在休养着，在这种情况之下，自然的调护真是甜柔的。我感到我和万物一样，懒洋洋地在阳光下闪耀出我的喜乐，我只不过心不在焉地在写着信。

世界对于我永远是新鲜的；像一个今生前世都曾爱过的老朋友，我们之间的友谊是深长的。

我很能体会到，许多世纪以前，大地怎样在她原始的青春里，从海浴中上来，在祈祷中向太阳敬礼。我一定是树林中的一棵树，从她新形成的土壤里，以最初冲动的全部新鲜的生意，展开我的密叶。

大海在摇晃，在动荡，在掩盖，像一个溺爱的母亲，不断地爱抚着她的初生婴儿——陆地；而我用整个身心在阳光中吮吸，以新生婴儿的说不出道理的狂欢在碧空下震颤，用我所有的根须紧紧地拉住我的大地母亲，快乐地吮吸着。在盲目的喜乐中，我的叶子怒生，我的花儿盛放；当阴云聚集的时候，它们爽畅的凉阴，将以温柔的抚摩来安慰我。

此后，从世纪到世纪，我曾变化无定地重生在这大地上。所以当现在我们独对的时候，种种古老的记忆，慢慢地一个一个地回到我心上来。

我的大地母亲今天穿着阳光照射的金色衣裳，坐在河边的玉米地上；我在她脚边、膝下、怀中翻滚游戏。做了无数孩子的母亲，她只心不在焉地，一边用极大的耐心，一边用相应的淡漠，来对付他们的不住的叫唤。她坐在那里，用遐思的眼光盯着过午的天边，同时我无尽无休地在她身旁喃喃地说着。

1892年12月9日 西来达

踩麦子·春

你晓得踩麦子时脚底那美妙的感觉吗——那踩东西的、踩着植物柔软叶子的妙不可言的感觉？

[日本]前田夕暮
吴鸿春 译

作者简介

前田夕暮（1883—1951），日本“和歌”诗人，出生于神奈川县一个地主家庭，其父热衷民权运动。前田夕暮有和歌集十二册，包括未刊行作品，一生大约作了三万五千首和歌。本文从一个少年的视角对故乡春色做了精致描绘，犹如美丽的风情画卷。原文如标题《踩麦子·烧荒之夜·春》所示，由三章组成，这里略去了《烧荒之夜》一章。

译文原载于《世界文学》2013年第5期。

踩麦子

春天来了，冰消雪融，村里人开始在麦地上踩麦子。你晓得踩麦子时脚底那美妙的感觉吗——那踩东西的、踩着植物柔软叶子的妙不可言的感觉？

各处村子里的雪都融化了，和煦的阳光把田野晒得暖乎乎的，蒸腾着雾霭。长着野草的山上，烧荒的烟随风飘荡。云雀在蓝天发出忙碌的欢叫，不停地来回穿梭。

听着从天空传来的云雀叫声，我把白手巾扎在头上……天气还有点凉，我套上了大人穿草鞋时用的厚布袜子，双手插在怀里，两只宽大的袖管在身体两侧晃荡。然后，我不时看一眼箱根一带山上褶皱里的残雪，伸开套着黑色紧身裤的腿，在长高了的麦苗上噌噌噌地踩过去。

我一面感觉到踏倒了的麦苗在身后又悄悄地站了起来，一面沿着这原野上几亩染出了绿色纵纹的麦垄，向着远处高高的田埂踩过去；到了地头，我转过身，这回是屁股对着箱根，又噌噌噌地一路踩回来。

春

稻草编的栅栏显出暗淡的光，墙荫里，长高了的蜂斗菜梗儿已经起毛了，两三只白色的矮脚鸡正在啄食。

到了春分，日头忽地就带上了淡淡的红色，院子角落里育红薯秧子的苗床，简直像蒸笼似的冒着雾气。

站在门口，朝明丽的外面望去，阳光像雨丝般倾泻着。阳光下的树木、竹子、鸡、猫、狗、孩子，没有不带着影子的。那些个铺在软软的黑土上的影子，真叫人看着觉得亲切。

一条明亮的乡村大道，对面能看见隐隐透着新绿的田埂和引满春水的稻田。一个背着黑色包袱、拄着拐杖的老太在大道上悠然而过；不一会儿，又有一个老太也走了过去，她把包袱绑在身上，望去像个大肿包，白发反射着阳光。

以为就是这两位老太了，没想到由源助大爷打头，又有十来个村里的老头老太，背上都背着个黑包袱，拄着拐杖走过来。他们像皮影戏里的人物，一个接一个地从大道上走了过去。他们边走边低声、快乐地唱着佛教曲子。这是一群到山里去念佛，礼赞极乐净土的人。

过了大约一个小时，我在山上的田埂旁一个人放起风筝。

风筝飞得高高的，我手拽着风筝线，坐在田埂上，心里别提有多快乐了，几乎把什么都忘了。

风筝曳着两条尾巴泛着光，缓缓地波动着，在那两条尾巴分叉处的下方，耸立着阿夫利山黑色的山峰。我的视线离开了风筝，从山的皱壁上滑过。山谷一头深深地扎了下去，而前面的山包却呈现饱满的弧线。在那个山包上，铺着一块巴掌大的红地毯，从远处可以看到红地毯上黑压压地聚集了一群豆粒儿大小的人，那礼赞春之净土的老人们念佛的钟声，从山上沿着风筝线一直飘到我这儿。

有人在那边的大道上牵马而过。

出远门的旅客穿过麦田，戴着黑色的帽子。

农夫挑着颤颤的、压弯了的担子。

孩子跟在一个农夫后面奔跑。

一对卖京都糖果的夫妻，头上戴着个插了一圈小红旗的圆环儿，扭着腰前行。

卖糖果的两个人不知为啥，在一片菜花地里，一边咚咚、咚咚敲着小鼓唱着什么，一边还跳起了舞来。

两人跳得兴高采烈，慢慢地转动身体，撅着屁股摇摇摆摆地跳着。

鼓声以很慢的节奏响着。

此刻正是中午，原野上根本没有一个看客。

不知不觉糖果夫妻木偶般的舞蹈让我看呆了，原先绷紧的风筝线松缓了下来，甚至连风筝何时掉到了一二百米外的桑树林里都不知道。

“喂，这是谁的风筝？都落到俺头上啦！”

听到这粗犷的喊声，我才明白发生了什么，赶紧站起来一看，一张棕色的扁平大脸在菜花上笑着。

“呵，是小哥的风筝哪，你得把线收起来些儿！”说着，两手把风筝举得高高的。

我单手高高地扯着风筝线，沿着田埂不歇气地跑了起来，低伏着的风筝线一下有了张力，风筝斜斜地往上升去。我这才放下心来，转过身子。

风筝很乐意地爬上了泛着淡绿的草山，掠过村里礼赞、念佛的老人们，不一会儿就越过了阿夫利山山顶，缓缓地升到了空中。

我安心了，重新在田埂上坐下来。

一场舞跳完，我看到糖果夫妻扭着腰肢蹒跚前行的后背，不，要说后背，不如说是看到了套在他们头上的、插着小红旗的圆环儿在菜花上流淌而去。

典型的日子（摘译）

我一生中当然每天都看见天空，但我从来没有真正地看它——难道我不应该说那是完美的幸福时刻吗？我曾经读到过，拜伦就在死前告诉一个朋友，他一生中只有过幸福的三小时。

〔美国〕瓦尔特·惠特曼
马永波 译

作者简介

瓦尔特·惠特曼（1819—1892），美国诗人。生于美国长岛一个海滨小村庄，对大自然的挚爱与赞美、将自我与自然和谐相融的思想，贯穿了惠特曼的所有写作，在1882年出版的自传式笔记《典型的日子》中，体现得尤其明显。

惠特曼特别强调打破自我的藩篱，将自我分散于万物之中，与万物融汇的思想。每个个体既是独立的生命，又是整体力量的一部分。当他在纽约湾观察落日中暗绿色的高地，辽阔无边的海岸，海岬附近的航运和大海时，当他看到周遭事物的流动，这种流动渐渐在感觉中进入合一，他的记忆甚至不止与“你”，而是与所有个体混融成一个大的集体记忆，化为齐一，共生于一个统一体中，使左邻右舍都变成了意义的“带感情的地理”。

译文原载于《世界文学》2008年第6期。

致清泉和溪流

于是，继续闲逛，来到柳树下的清泉旁——水声柔和，如叮咚作响的杯子，注入一条相当大的溪流，宽如我的脖颈，纯净而清澈，在它的缺口处，溪岸拱起，如一条硕大蓬乱的棕色眼眉，或者是嘴唇状的屋顶——永不止息地潺潺着，潺潺着——似有深意，说着什么（要是你能破译，该多好）——它总是在那里汩汩而流，一年四季毫不停歇，永远消耗不尽的是薄荷的海洋，夏天的黑莓——光与影的选择——刚好是我七月洗澡、做日光浴的好地方。炎热的午后，当我坐在那里，吸引我的主要还是那无可比拟的柔和的汩汩声。这一切是怎么生长进我的内部的，日复一日，一切都和谐一致——那野性的、刚可分辨的芳香，斑驳的叶影，以及这个地方所产生的所有自然疗法的、基本道德的影响。

哦溪流，以你的语言，继续絮语下去！我也将表达在我的岁月和进展中所收集的东西，本土的，地下的，过去的——还有现在的你。把你的道路旋转、延伸——无论如何，我都会和你，待上一会儿。当我如此频繁地与你相盘桓，一个季节又一个季节，你知道，你与我毫无关系（可是为什么这么肯定？谁能说明？）——但是我将向你学习，沉思着你——接受、复制、印刷那来自你的信息。

初夏的起床号

那么离开吧，去放松下来，松开神圣的弓弦，如此的紧绷，如此的长久。离开，离开窗帘、地毯、沙发、书本——离开“社会”——离开城市的房屋、街道、现代的改进和奢侈——离开，去到那原始的蜿蜒的、前面提到过的林中溪流，它那未经修剪的灌木和覆盖着草皮的岸畔——离开束缚之物，紧巴巴的靴子、纽扣和全副铁铸的文明化的生活——离开周围的人工商店、机器、工作室、办公室、客厅——离开裁缝和时髦的服装——也许，暂且离开任何的服装，夏季的炎热在推进，在那些有水、有阴影的孤独之中。离开，你的灵魂（让我把你单独选出，亲爱的读者，无拘无束地交谈，随意散漫，充满信任），至少一天一夜，返回我们所有人赤裸的生命之源——返回伟大、寂静、野性、接纳一切的母亲！哎呀！我们中有多少人是如此迟钝——有多少人漫游得太远，以至返回几乎已不可能。

而我的这些便条，是随来随记的，散乱无章，没有特意地选择。它们在日期上几乎没有连续性。时间跨度约有五六年之久。每一条都是用铅笔随便记录的，在户外，在当时当地。也许，印刷工会因此感到某种困扰，因为他们复制的大部分内容来自那些匆忙写下的最初的日记。

午夜迁徙的鸟群

你可曾碰巧听见鸟群午夜的飞行，穿过头上的空气和黑暗，不可胜数的军队，改变着它们初夏或夏末的栖息地？那是不该忘记的事情。昨晚一个朋友十二点之后给我打电话，让我注意巨大鸟群向北迁徙的非比寻常的喧闹（今年这已经是很晚了）。在寂静、阴影和此刻美妙的气味中（那只属于夜晚的自然的芳香），我认为那是珍贵的音乐。你可以听见有特点的运动——一两次“巨翅的急促拍击”，但更经常的是一种柔和的沙沙声——有时非常近——久久延续着，伴随着持续的呼唤和吱喳，如歌调一般。这声音从十二点持续到三点之后。有片刻，鸟的种类可以清晰地分辨出来；我可以辨认出长刺歌雀、唐纳雀、威尔逊鸫、白冠麻雀，偶尔从高空传来凤头麦鸡的鸣叫。

大黄蜂

五月是蜂拥的、歌唱的、交配的鸟儿的月份，大黄蜂的月份，开花的紫丁香的月份，也是我出生的月份。我匆忙写完这一段，就在日落之后来到外面，来到溪边。光线、香味、蓝鸟、草鸟和知更鸟编织的旋律，在各个方向喧闹、回荡像极了一场自然的音乐会。那些低音，是附近一只啄木鸟在叩响它的树木，远处是雄鸡的响亮尖锐之声。然后是新鲜泥土的气味、色彩，远景中微妙的枯黄色和薄薄的蓝色。草的明亮的翠绿因为最近两天的温润潮湿而略有加深。多美啊！太阳安静地攀上广阔清澈的天空，开始它白昼的旅程。多美啊！温暖的光线沐浴着一切，亲吻一般汹涌而来，我的脸颊几乎感到了灼热。

自从塘蛙开始聒噪，山茱萸绽放最初的白色以来，已经有一段时间了。现在，金色的蒲公英在无尽的挥霍中，点缀大地的各个角落，白色的樱桃花和梨花，野生的紫罗兰，以它们蓝色的眼睛仰望着，向我的双脚致敬。我徜徉在树林边缘——露出玫瑰红蓓蕾的苹果树，麦田清澈的祖母绿，裸麦的暗绿色，温暖的弹性渗透在空气中，矮杉树慷慨地装饰着棕色的小果，夏天完全苏醒了。黑鸟在集会，吵吵嚷嚷地聚集在某棵树上，当我坐在附近，它们使时辰和地点变得喧闹。

后来——自然列队前进，像军队一样，一个部门接着一个部门。它们为我做了许多，没有间断和停歇。最近两天陪伴我的是野蜂、大黄蜂，或者像孩子们所称呼的“嗡嗡嗡”。当我散步，或者一瘸一拐地从农舍走向溪边，我横越前面提到过的小路，路的两旁是旧铁轨形成的篱笆，带有许多的裂口、尖片、中断、孔洞等等，那些低吟的、毛茸茸的昆虫就选择这样的地方栖息。在这些铁轨的上下左右和中间，它们拥挤在一起，数量巨大，无法胜数，在空中冲刺和飞行。当我缓慢地一路行去，经常有一片黄蜂组成的移动的云彩伴随着我。在我清晨、正午或黄昏的漫游中，它们扮演着主角，往往以我从未想到的方式主宰着风景——它们充满了长长的小路，不是成百，而是上千。数量巨大、活泼而迅捷，时而美妙地冲刺，时而响亮地膨胀开来，始终在嗡鸣着，不时地被什么东西改变着，几乎像一声尖叫。它们前后疾飞，快速地闪动，彼此追逐，尽管它们是小家伙，却给我传递了一种新鲜而生动的力量感、美、活力和动感。它们是到了交配的季节了吗？这么巨大的数量、速度、渴望、展示，到底是什么含义？当我散步，我以为跟随我的是一个特殊的蜂群，但是略加观察，我发现那仅仅是一系列蜂群在快速地变换，一个接着一个。

写这则日记时，我是坐在一棵大的野樱桃树下的——暖热的白昼因时而飘过的云彩和清新的风而变得温和，那风既不太强也不太弱，我长久地、长久地坐在这里，包裹在这些蜜蜂单调而低沉的音乐中，它们成百上千只地掠过，平衡着，在我周围前后疾飞。大家伙穿着淡黄的夹克，闪耀鼓胀的硕大身躯，粗短的脑袋和薄纱般的翅膀，哼唱着它们永远丰富柔和的歌曲。（难道其中不存在作曲的暗示，这些嗡鸣不就该是那音乐的背景吗？某种黄蜂的交响乐？）这一切多么予人滋养，在户外、裸麦田、苹果园。以我最需要的方式，把我催眠；最近两天的太阳、微风、温度和一切都毫无瑕疵；永远不会再有这样完美的两天了，我好好地享受了一番。我的健康有了一点儿好转，我的精神安宁平和。（不过，我一生中最悲哀的丧失和忧愁的周年纪念日即将来临。）

又匆忙写一段，有一个完美的日子：中午之前，从七点到九点，两个小时包裹在大黄蜂的嗡鸣和鸟的音乐中。苹果树上和附近的一棵杉树上，有三四只褐背画眉鸟，每一只都在唱着它最好的歌，以我从来没有听过的最好的方式唱着华彩段落。两个小时我放任自己，倾听着它们，懒散地沉浸在这场景中。我注意到，在一年中，几乎每种鸟都有一个特殊的时辰——有时仅仅是几天——它唱得最棒；现在就是这些褐背画眉鸟的时辰。同时，在小路上下，是冲刺着、嗡嗡着的大黄蜂。当我回家时，又有一大群黄蜂充当了我的随从，和以前一样随着我移动。

两三个星期后，当我写下这些，我正坐在一棵郁金香树下的溪流边，树有七十英尺高，浓密、清新、青翠，正当青春旺盛，每根树枝、每片叶子都完美无瑕。从树顶到树根，都有大群的野蜂拥挤着在花朵里寻找甜蜜的汁液，它们响亮而稳定的嗡鸣形成了一片低音，为整个世界，为我的心情和时辰。关于此，我将以亨利·比尔斯[1]小书中的诗歌作结。

当我躺在远处的深草中，
一只醉醺醺的黄蜂经过，
被甜蜜的棕榈汁弄得神志恍惚。
它身体周围金色的腰带，
几乎勒不住它鼓溜溜的肚子
被忍冬的果冻胀得满满。
玫瑰酒和甜豌豆的酒，
用神圣的歌曲充满它的灵魂；
整个温暖的夜晚，
它都沉醉不已，
它毛茸茸的大腿沾湿了夜露。
它的游戏中充满了古怪，
当世界穿过睡眠和阴影。
它常常用焦渴的唇，

1 亨利·比尔斯（1847—1926），美国律师、诗人、学者，著有诗集及研究专著《19世纪英国浪漫主义史》《四个美国人：罗斯福、霍桑、爱默生、惠特曼》等多部。这里指的是他出版于1925年的《大黄蜂》一书。

啜饮花杯里甜蜜的琼浆，
在光滑的花瓣上它会打滑，
或是在纠结的雄蕊上旅行，
还一头扎进滚动的花粉里，
沾了满身金黄爬了出来；
要不然，它沉重的脚会绊在
蓓蕾上，跌落在草丛中；
躺在那里，用低沉柔和的男低音
嘟囔着——这酒后爱伤感的可怜的蜂！

夏天的景象以及懒散

六月十日。现在是下午五点半，我在溪边写字，没有什么能胜过我周围宁静的光彩和清新。正午的时候下过一场大阵雨，伴有短暂的雷鸣和闪电；雨后、头上，那罕见得无法形容的天空（在本质上，不是细节或形式上）的清澈的蓝，翻卷的银色，毛边的云彩，纯净炫目的太阳。衬着天空，树上已经满是温柔的叶簇——液体的、尖利的、拖得长长的鸟的音符——烘托着一只好抱怨的北美猫鸟焦躁的咪咪声，还有两只翠鸟愉快的尖声啁啾。有半个小时我一直观察这两只翠鸟，它们和往常一样，依照惯例在溪流上空和溪中嬉戏；显然，那是一种最为活泼的欢闹。它们彼此追逐，盘旋着飞行，不时欢快地浸入水中，溅起如宝石般喷射的水花——然后猛地飞升而起，翅膀倾斜着，优美地飞行，有时飞得如此靠近我，我可以清楚地看到它们暗灰色的羽毛和奶白的脖颈。

日落的芳香·鹌鹑的歌声·隐居的画眉

六月十九日，下午四点到六点半。独自坐在溪边——孤独，但是景色足够明亮，足够生动——太阳闪耀着，相当清爽的风吹着（昨夜下了大阵雨），草和树显示出它们最美的模样，各种不同的绿色形成的阴暗、阴影、半阴影、水面斑驳的闪光，从隐蔽之处，传来附近一只鹌鹑六孔竖笛的音符，池塘里刚好可以听见的雨蛙的定音声——乌鸦在远处呱呱地叫着——一群小猪拱着我所坐的橡树附近的柔软土地——有的靠近来嗅嗅我，然后匆匆溜走，咕哝着。还能听见那鹌鹑清晰的叫声——我写字时，叶影在纸上颤抖——天空高远，飘浮着白云，太阳西斜——许多沙燕来来去去，迅疾地飞行，它们的洞穴开在附近的泥灰土岸上——杉树和橡树的臭气，这么容易觉察，当黄昏靠近——芳香，色彩，附近成熟麦田的青铜色和金色——红花草田，蜜一般的气息——丰满的玉米，带着长长的沙沙响的叶子——大片大片茂盛的马铃薯，微暗的绿，到处点缀着白花——我头上古老、多瘤、庄严的橡树——混合着鹌鹑的双音节歌曲，穿过附近松林的飒飒风声。

当我起身准备返回，一阵美妙的收场白一样的歌声让我久久徘徊，(是隐居的画眉吗？)歌声来自沼泽那边灌木丛生的隐秘之地，懒散而忧虑，一遍遍重复着。和最后的夕辉中成打成打雀跃不已、飞着同心圆的燕子相比，这声音就像高空中车轮的闪耀。

池塘边一个七月的下午

白炽化的高热，但在这纯净的空气中变得完全可以忍受——白色和粉色的池花，带着巨大的心形叶片；小河透明的水面，堤岸上浓密的灌木，如画的山毛榉、阴影和草皮，一只鸟从隐蔽处发出尖利的叫声，打破了温暖、懒洋洋、几乎是奢侈的寂静；偶尔，有一只黄蜂、大胡蜂、蜜蜂或熊蜂飞来（它们在我手边和脸上盘旋，但没有惹恼我，我也没有惹恼它们，它们似乎检查了一番，没有发现什么，就离开了）。头上广袤的天空如此清澈，嘤嘤飞舞的小虫在那里缓慢旋转，画着庄严的螺旋和圆圈；就在池塘表面，两只深蓝灰色的大蜻蜓，舞着带花边的翅膀，盘旋着、冲刺着，偶尔非常静止地平衡着身体，翅膀却始终在颤抖着（它们不是在炫耀，让我高兴吧？）——池塘里生有剑形的菖蒲，水蛇——偶尔一只轻快的黑鸟，肩膀上带有小红点，倾斜着一掠而过。这时，某只塘鸭的嘎嘎声带来了孤独、温暖、光与影——（蟋蟀和蝈蝈在中午的炎热中默不作声，但我听见了最初的蝉鸣）——然后在一段距离之外，在小河对面，马踏着快速的步伐，拖曳着一台收割机穿过黑麦田，发出咔嚓声和呼呼的转动声——（我刚刚看见的那只黄色或浅棕色的鸟，如小母鸡大小，短颈长腿，扑啦啦笨拙地飞过麦田，投入林间，那是什么鸟呢？）——细微然而容易觉察的、辛辣的红花草的芳香，占据了上风；而对于我的视线和灵魂而言，超越一切、环绕一切的，是自由的天空，透明的蓝色——在西方天空中盘旋的、航海者称之为“青花鱼群”的大朵灰白色羊毛似的云彩——天空中银色的旋涡像摇动的发绺，蔓延着，扩散着——无声无形的巨大幻影——但那也许是最真实的现实和万物的缔造者——谁知道呢？

蝗虫和螽斯

八月二十二日。蝗虫细弱单调的声音，或者螽斯的声音——我在夜里听见后者，而前者白天夜里都能听见。我认为早晨和傍晚鸟儿的颤音令人愉快；但是我发现，我也能同样快乐地倾听这些陌生的昆虫声。在两百英尺远的一棵树那边，当我写作时，我现在听见一只蝗虫近午时的声音——一阵长长的呼呼声，继续，十分响亮的声音，以独特的螺旋或者摇摆的圆圈渐渐升高，其力度和速度增加到一定程度，然后是一阵振翼声，悄悄地微弱下去。每一次用力都持续一两分钟。蝗虫的歌与风景非常相配——喷涌出来，富有含义，充满阳刚之气，就像上好的陈酒，并不甜蜜，却远比甜蜜要好。

但是螽斯——我要如何描述它刺激人的声音？有一只就在我敞开的卧室窗外的柳树上歌唱，有二十码远；两周以来每个清澈的夜晚，这歌声都抚慰我入眠。有天傍晚我骑马穿过一片树林，走了一百杆远，听见无数的螽斯——有片刻我感觉非常奇妙；但是我更喜欢我那个树上的邻居。让我再说说蝗虫的歌声，即使有些重复；一阵长长的、彩色的、颤抖的渐强音，像铜盘在不断旋转，发射出一波一波的音符，开始时是温和的敲打或拍子，速度和音调迅速增强，达到巨大的能量和意义，然后迅速而优雅地低落下去，停息。不是鸣鸟的曲调——远远不是；这普通的乐师可能没有考虑曲调，但对于更敏锐的耳朵，那肯定是有着它自己的和谐的；单调——在那嘈杂的嗡嗡声中却有着怎样的摇摆啊，一圈一圈，铙钹一样——或者像铜套环的旋转。

天空·日夜·幸福

十月二十日。晴朗、凉爽的一天，干燥而多风的空气，充满了氧气。脱出那包裹我、让我心气平和的理智、寂静、美丽的奇迹——树木、水流、青草、阳光和初霜——今天我看得最多的是天空。它有着那种细致、透明的蓝色，秋天独有的色彩，仅有的或大或小的云彩都是白色的，在广阔的天穹上或静止，或做着精神的运动。早些日子（比如说七号到十一号）它一直保持着纯净但生动的蓝色。但是当中午靠近，色彩变淡，有两三个小时完全是灰色——然后有片刻变得更灰暗，直到日落——我透过长满树木的山丘缝隙观察着，令人目眩——火焰的投掷，和淡黄色、肝脏色和红色的绚丽展示，还有水面上巨大闪耀的银色斜光——透明的影子、箭矢、火花，以及超越了所有绘画的生动色彩。

这个秋天，我不知道是如何就拥有了一些美妙满足的时刻，对我来说，这似乎最应该归之于天空，我时时在想，我一生中当然每天都看见天空，但我从来没有真正地看它——难道我不应该说那是完美的幸福时刻吗？我曾经读到过，拜伦就在死前告诉一个朋友，他一生中只有过幸福的三小时。还有有关国王的铃的古老德国传说，说的也是同样的事情。当我出去，来到林边，那美丽的日落透过树林，我想起拜伦的话和铃的故事，我头脑中出现的念头是我正在拥有一个幸福的时刻。（尽管也许我没有记下我最好的时光；当它们降临时，我无法用写日记来打破它们的魅力。我仅仅是放纵我的心情，让它漂浮，用它安静的狂喜载着我漂浮。）

无论如何，何为幸福？此刻就是幸福的时刻吗，或者是类似的时刻？——如此无法感知——仅仅是呼吸，一种短暂的色泽？我不能肯定——所以，就让我假定自己是无辜的吧。你，清澈透明的，在你那蔚蓝的深处，是否为我这样的人预备了药物？（哦，我生理上的衰朽和精神上的麻烦已经持续了三年）现在，你没有细心地神奇地穿过无形的空气把它滴到我身上吗？

十月二十八日夜。天空异常透明——星星出来了，数不胜数——银河的大路，及其分叉，仅仅在非常晴朗的夜晚才能看见——木星，在西方出现，看上去就像一朵偶然的盛大的水花，有一颗小星为伴。

> 穿着白色的外套，
> 这贵族缓慢地走进空空的圆形竞技场，
> 手上抱着一个小孩，
> 像无云夜空上有木星相伴的月亮。
>
> ——印度古诗

十一月初。我们已经描述过的小路那端，通向一片多草的高坡上的田野，有二十亩，微微向南倾斜。我习惯在这里散步，观赏天空的景色和效果，在清晨和日落。今天，就在这片田野上，整个上午，我的灵魂都被头上清澈的蓝色拱门镇静着，扩展到难以描述的程度，没有云彩，没有什么特别的东西，仅仅是天空和阳光。它们是给人安慰的伙伴，秋叶，凉爽干燥的空气，微弱的芳香——乌鸦在远处呱呱地叫着——两只大雕在远处的高空优美缓慢地盘旋——偶尔有风的呢喃，有时非常温柔，然后又威胁地穿过树林——只见一群农夫在田野里装玉米秸，耐心的马在等待。

色彩——一个对比

如此色彩与光线的游戏，不同的季节，每天不同的时辰——遥远地平线的线条，那里，色泽微弱的风景边缘消失在天空之中。当我沿着小路慢慢地一瘸一拐走向一天的终结，一轮无可比拟的落日，一只一只，发射着熔化的蓝宝石和金子，穿过长着长叶子的玉米的队列，在我和西方之间。另一天。郁金香和橡树丰富的暗绿色，沼泽柳树的灰色，悬铃木和黑胡桃的沉闷色调，杉树（雨后）的祖母绿和山毛榉的淡黄色。

乌鸦，乌鸦

十一月十四日。当我坐在溪边，散步后休息一下，来自太阳的一阵温暖的柔情沐浴着我。没有声音，只有一阵乌鸦的鸣叫，没有动静，只有它们黑色的影子从头上飞过，反射在下面池塘的镜子中。的确，今天风景的主要特征就是这些乌鸦，它们不停地鸣叫，远远近近，它们数量巨大，连续地从一地移向另一地，不时地以其不可胜数的数量几乎把天空遮暗。当我坐了片刻，在溪畔写下这个便条时，我看见远远的下面，它们黑色的、清晰的影子，飞越水的明镜，或单独，或成双，或连续的一长串。昨晚整夜我都听见附近树林中它们的巨大鸟巢中发出的喧闹。

春天前奏曲——娱乐

二月十日。今天，一只鸟发出最初的吱喳，几乎是在歌唱。然后我注意到，阳光中，一对蜜蜂在敞开的窗边迅疾飞行。

二月十一日。在夕光柔和的玫瑰红和发灰的金色之中，这个美丽的傍晚，我听见正在苏醒的春天最初的嗡鸣和准备，它非常微弱，是在土里、根须里，还是昆虫开始动弹，我不知道，但是那是可以听见的。当我靠着一根围栏（我在我乡村寓所的楼下待了一会儿），我远眺西方的地平线。我转向东方，当阴影加深，天狼星出现了，壮丽眩目。巨大的猎户星座，还有偏东北方向一点儿的大北斗七星，竖立着。

二月二十日。池塘边孤独而宜人的日落时分，用一棵手腕粗细的坚硬橡树锻炼我的手臂、胸肌、整个身体，树有十二英尺高——我又拔又推，激起了甜蜜的风。和树较量了一会儿之后，我能感觉到它年轻的树液和效力从大地里涌起，刺痛着，从头到脚穿过了我的全身，像补酒一样。然后为了再锻炼锻炼，换换花样，我开始练习发声；大声地慷慨激昂地朗诵一些片段，伤感、悲哀、愤怒，等等，取自常用的诗歌和戏剧——或者是鼓起肺叶，唱出我在南方听到黑人唱过的一些野调和叠句，或者是我在军队里听过的爱国歌曲。我激起了回声，我告诉你！当黄昏落下，在这些情感迸发的间歇中，一头猫头鹰在溪对面什么地方发出声响——突，哦，哦，哦，哦——柔和而略带沉思意味（我想象还含有一点讽刺），重复了四五遍。这声音既是对黑人歌曲的喝彩，也可能是对悲哀、愤怒、陈腐诗人风格的讽刺性评价。

人类的怪癖之一

在完全的静谧和孤独中，远离此地，置身森林之中，独自一人，或者像我所发现的，置身于荒凉的草原，或者群山的寂静中，你从来不能完全抛开环顾四周的本能（我就是这样，其他人也信任地告诉我他们也这样），你想发现是否有什么人出现，从土里冒出来，或者从树后和岩石后，这是怎么回事？那是从野生动物继承下来的、徘徊不去的原始的警惕性，还是从人类野蛮远祖遗传而来？它根本不是紧张或恐惧。似乎有什么陌生的东西可能潜伏在那些灌木丛中，或是僻静的地方。不，可以非常肯定，一定存在着——某种有生命的看不见的存在。

午后景象

二月二十二日。昨晚和今天都是雨蒙蒙的，云很重，直到下午三点左右，风突然转向，云彩像窗帘迅速地撤去，现出清澈的天空，和一架我所见过的最美、最壮观、最神奇的彩虹，完完整整，非常生动，两端落在大地之上，展开明亮而广阔的薄雾，紫罗兰色、黄色、枯绿色，在头上的各个方向，阳光从中透过——难以描绘的色彩和光，如此绚丽，如此柔和，此番景致我以前从来没有见过。它仍在持续，整整一小时，它落在大地上的两端才完全消失。后面的天空完全铺展在半透明的蓝色中，上面有许多小块的白云和边线。日落填充着、主宰着审美和灵魂的感觉，豪华，温存，充溢。我在池塘边写完这则笔记，光线刚好能够让我透过黄昏的阴影，看见水的明镜中那西方的倒影，树的倒影。我不时听见一条梭子鱼扑哧一声跃出水面，在水上激起涟漪。

大门敞开

四月六日。真的可以觉察到春天了，或者是春天的迹象。我坐在明亮的阳光中，在溪边，溪水刚刚被风吹出涟漪。一切都是孤独的，早晨清新，随意。陪伴我的是两只翠鸟，它们航行、盘旋、冲刺、浸着水，有时任性地分开，然后又飞到一起。我听到它们的喉咙在不断地嘁嘁喳喳；有好一会儿，周围只有那种独特的声响。随着中午的靠近，其他鸟儿也兴奋起来。知更鸟尖利的音符，两部分组成的一个乐段，一种清晰悦耳的汩汩声，应和着其他我不能确定方位的鸟儿。池塘边，不耐烦的雨蛙不时地以低沉的呼噜声加入进来，是的，我刚好听见。温暖而强烈的风，咝咝的呢喃不时穿过树林。然后一片可怜的小小的死叶，长久地被冰冻住，从空中某处旋转而下，在空间和阳光中，狂野自由地喧闹着，然后猛冲向水面，水把它紧紧拥抱，不久就沉了下去，看不见了。灌木和树林仍是光秃的，但是山毛榉还挂着皱巴巴的黄叶，是上个季节的叶子大量留下了，杉树和松树往往还是绿的，杂草也显出即将丰满的证明。在美妙清澈的蓝色天穹上，光在游戏，来来去去，大片的白云在游弋，是那么的安静。

星光灿烂的夜晚

五月二十一日。回到坎登。又开始了一个透明异常、星光璀璨的蓝黑色的夜，仿佛要显示，无论白昼有多么盛大和自负，总有些什么东西留下，留在夜晚里，比白昼长久。最罕见的、最美丽的、拖延很久的清澈的阴暗，从日落一直到晚上九点。我来到特拉华，反复穿越。金星像闪耀的银子喷涌在西方。新月又大又薄的苍白月牙，半英寸高，倦怠地沉落在一片云彩的纹章斜条下面，然后又冒出来。大角星在头上右方。一阵微弱芳香的海的气息从南方飘来。黄昏，温和的凉爽，带有景色的所有特征，难以描述，令人安慰，予人滋补——这样的时辰总让人想起灵魂，无以言表。（哦，如果没有夜晚和星星，哪来精神的食粮？）广阔无垠的空气，天空朦胧的蓝色，似乎已足够神奇。

夜晚一边前进，一边更换着它的精神和衣装，变得更宽敞更威严。我几乎意识到一种确定的存在，附近无声的自然。巨大的水蛇星座伸展开它盘绕的身躯，几乎占了大半个天空。天鹅座展开翅膀，飞下银河。北方的皇冠，天鹰座、天琴座，全都就位。从整个天穹上放射出光点，与我默契一致，穿过清澈的暗蓝。所有平常的运动感，所有动物，似乎都被抛弃了，似乎都成了虚构；一种奇怪的力量，如同安静休息的埃及众神，取得了所有权，尽管依然难以觉察。更早的时候，我见过许多蝙蝠，在明亮的夕辉中平衡着，在这里和远处的河面上，它们黑色的形体急速移动着；但此刻它们都不见了。黄昏星和月亮已经消失。活力和安宁沉静地躺下，在流动的无所不在的阴影中。

八月二十六日。白昼一直很明亮，我的精神也是一样，一个突强音符。然后夜晚降临，显得异样，带有难以表达的沉思意味，还有它独有的温柔和适度的壮丽。金星徘徊在西方，带着迄今为止这个夏天还没有显示过的奢侈的绚烂。火星早早升起，愠怒的红月亮，两天之前就已经盈满了；木星在夜的子午线上，而长长的蜷曲倾斜的天蝎座，完完全全伸展在南方。火星现在步入了天穹的最高点；整个一个月我晚饭后出门去看它；有时午夜起床，再去看看它无与伦比的光亮（我最近看见一个天文学家利用华盛顿的新望远镜搞清楚了，火星一定有一个卫星，或许是两个）。苍白而遥远，但在天空中很近，土星位于它的前方。

毛蕊花

硕大、安静的毛蕊花，随着夏天的推进，丝绒一般光滑柔软，带点浅绿的枯黄色，在田野里到处生长——是大地上最早的从生植物，它们宽阔的叶子低垂，每棵有八片、十片或二十片叶子——在小路尽头，在二十亩休耕地上繁茂生长，尤其是在篱笆的两侧——起初靠近地面，但不久便迅速生长起来——叶子和我的手掌一样宽，更低处的叶子有手掌两倍长——在早晨中如此清新，沾满露水——茎杆现在有四五英尺，甚至七八英尺高了。我发现，农夫认为毛蕊花是卑微的没有价值的杂草，但是我却逐渐喜欢上了它。每件事物都有自己的训诫，包含有其余一切事物的暗示——最近我有时认为，这些坚硬的黄色杂草中集中了为我所准备的一切。当我清晨来到小路上，我在它们柔软的羊毛般的花、茎和阔叶前停步，它们闪耀着数不清的宝石。到现在，它们已经开了三个夏天了，它们和我一起静静地返回；在这样漫长的间歇，我在它们中间或站或坐，沉思着如此多的时辰和部分康复的情绪，沉思着我疯狂的或病态的精神，在这里尽其所能地靠近安宁。

橡树和我

一八七七年九月五日。上午十一点，我写下这些，在岸边一棵茂密橡树的遮蔽下，我在那里躲避一场突来的阵雨。整个早晨都细雨蒙蒙，但一小时前雨势缓和下来。我来这里是为了我前面提到过的我所喜欢的日常简单的锻炼——拉拉那棵年轻山核桃的树苗——摇晃和弯曲它坚硬又柔软的垂直树干——希望偶然能让我的老肌腱从那里获得一些有弹性的纤维和清澈的树液。我站在草地上，做这些程度适当的健身的拔树运动，做做停停，将近一小时，吸入大量清新空气。在溪流边漫步，我有三四个喜欢的天然休息场所——除了我随身拖着的一把椅子，偶尔审慎地用一用之外。在其他我所选择的便利之处，除了刚刚提到的山核桃树、结实而柔软的山毛榉树枝或冬青树枝，只要是方便够到的地方，都是我锻炼手臂、胸肌、躯干肌肉的自然器械。我很快就能感觉到树液和力量上升，渗透我全身，就像遇热的水银一样。在阳光和阴影中，我小心地抓住树枝或较为纤细的树，和它们的纯洁、健壮进行较量，并且知道功效由此从它们身上传递给我。（或许是我们交换。对此，或许树木比我所想到的更有意识。）

但现在我愉快地被禁锢在这里，在这棵大橡树下——雨在滴落，天空覆盖着铅云——什么都没有，只有池塘在一侧，另一侧是一片延伸的草地，点缀着奶白的野萝卜花——远处木头垛边有人挥动斧子发出的声音——在这沉闷的景色中（大多数伙计会这么说），为什么我独自一人如此幸福（几乎是幸福的）？为什么任何打扰，即便是我喜欢的人的打扰，也会败坏这种魅力？可我是孤独的吗？无疑，一个时刻降临了——也许它已经来到我面前——那时，一个人，通过他整个的存在和那明显的情感的部分，感觉到主观的他和客观的自然之间的一致性，谢林和费希特如此喜爱的一致性，正变得紧迫。我不知道那是什么样子，但是我经常在这里认识到一种存在——在清晰的情绪里我肯定它的存在，化学、推理、审美都不能做出最基本的解释。过去的整整两个夏天，它一直在强化和滋养着我病弱的身体和灵魂，以前从来没有过。感谢这无形的医生，感谢你无声的良药，你的日与夜，你的水流和你的空气，堤岸，青草，树木，甚至杂草！

五行诗

当我被雨隔在我的大橡树的荫蔽所下（完全干燥而舒适，尽管雨滴在到处格格乱响），我用铅笔把此刻的情绪记录在一首五行诗中，我现在给你看：

与自然悠闲地相处，
接受一切，自由自在，
净化提纯着眼前的时辰，
无论它是什么，无论你在哪里，
而过去，仅仅是遗忘。

你能领会吗，亲爱的读者？你有多喜欢？

落日之光

五月六日，下午五点。这是光与影自动组成奇特效果的时刻，这效果足以让画家精神错乱——熔银的长长辐条水平穿过树林（现在树林正是最明亮最嫩绿的时节），每片叶子和每根有无穷叶簇的枝条都成了一个燃亮的奇迹，然后，这些光束都平卧在新鲜而成熟的无边无际的青草上，以任何其他时刻都完全陌生的方式，不仅给草地整体赋予了壮丽，也赋予每片草叶以壮丽。在一些特定的地点，我可以观赏到这些完美的效果。水面上泛起一道宽宽的水花，伴随着许多闪闪发光的涟漪，衬托着后面迅速加深的暗绿色朦胧透明的阴影，沿着岸边间歇地闪烁。这一切，当太阳沉落下去，伴随着抛掷在树木和草地上的巨大的水平火焰，形成越来越独特的效果，越来越壮丽，非人世所有，丰富而令人目眩。

红花草和干草的芳香

七月三日至五日，一个美丽的夏天。晴朗、炎热、喜人的天气，生长出来的红花草和杂草现在基本被割掉了。熟悉的怡人芳香充满了谷仓和小路。当你沿途散步，你看见灰白色的田野微微染上了黄色，谷捆松散地堆放着，缓慢移动的货车经过，农夫在田里和结实的男孩们一起拣谷子，把它们装上车。玉米就要开始抽穗了。整个中南部各州，布满为大地这个伟大骑士准备的矛形战斗阵列，它们数不胜数，长长的、光亮的、暗绿色的羽饰弯曲着，飘荡着。我听见我的老相识，鹌鹑“汤姆”那快乐的音符；但是想听到三声夜鹰的歌唱却已经太迟了（尽管前天晚上我听见一只孤独逗留者的鸣叫）。我观察一只红头美洲鹫大范围地庄严飞行，它有时升高，有时低到能看见它身体上的线条，甚至它展开的羽根，鲜明地映衬着天空。最近一两次我在附近看见了一只鹰，在掌灯时分低低地飞行。

一只陌生的鸟

六月十五日。今天我注意到一只新的大鸟，身量几乎有一只成年母鸡那么大——一只傲慢、白身黑翼的鹰——我从它的喙和整体外观猜测是一只鹰——只有鹰才有那么清晰、响亮、十分有乐感的叫声，像铃声一样，以一定的间隔，它的鸣声一再地重复，从一棵死树高耸的树顶，悬垂在水面之上。在那里坐了很长时间，我在对面的岸上观察它。然后它俯冲下来，十分潇洒地掠向溪水，擦着水面——缓慢地上升，一个壮观的景象，然后翅膀宽宽地展开，稳定地飘飞，根本没有拍动翅膀，在池塘上面上上下下两三次，在我附近飞着圈子，可以清晰地看见它，好像是专门让我欣赏一般。有一次它非常靠近地从我头顶上飞过，我清楚地看见了它的弯嘴和严厉不安的眼睛。

鸟鸣

单单在鸟鸣中就有多少音乐啊，无疑，它们是野性的、简单的、粗野的，却是如此甜蜜。它占了鸟类发音的五分之四。鸟的音乐种类多端，风格万变。现在，最近这半个小时，我一直坐在这里，某个有羽毛的伙计在灌木丛中一直在一遍遍重复着我称之为颤动的鸣叫。现在，一只知更鸟大小的鸟刚刚露面，全身都是桑葚红，在灌木中轻快地飞着——头、翅膀、身体是深红色的，不是特别鲜艳——就我所听到的，它的鸣叫不是歌。四点：我周围有一场真正的音乐会在进行——一打种类不同的鸟正在同心协力。偶尔会有阵雨落下，植物就全都显示出雨水生动的影响。当我记完这则笔记，坐在池塘边的一根原木上，远处传来更密集的啁啾和鸣啭，一个有羽毛的隐士在附近树林里有趣地唱着——音符不是太多，但却充满了音乐，几乎会引起人的共鸣——这歌声持续了很久，很久。

奥州小径（摘译）

日月为百代之过客，来而复往的年岁亦属旅人。

［日本］松尾芭蕉

李芒 译

作者简介

松尾芭蕉（1644—1694）是日本江户时代（1603—1867）著名俳谐师[1]，被后人称为“俳圣”。自幼苦学俳谐联句（亦简称俳谐），及长，先后于京都和江户从事俳谐联句的组织和创作活动，开始树立独特的风格。1689年3月开始“奥州小径”的长途云游，行程一千八百公里，费时一百五十天，大约于1694年完成同名的纪行随笔，以游记的体裁，以简洁抒情的笔墨，吟咏了所到之处的风光和前人和歌的遗迹，被日本人赞为不朽的名著。

译文原载于《世界文学》1999年第5期。

---

1 俳谐联句创作的主持人和指导者。俳谐联句产生于日本室町时代（1392—1477）末期的含有诙谐情趣的联句，一般由主持人作发句（首句，也称出句）。把这个发句抽出来，或单独以发句的音数句式（5、7、5）格律写作的，就是后来的俳句。

序　章

日月为百代之过客，来而复往的年岁亦属旅人。或沉浮于行舟之上，或勒紧马嚼徒迎老境者，亦日日处于旅途，以漂泊为栖息。窃思，古人多死于羁旅，予亦不知自何年何月，犹如一片浮云频受风伯引诱，屡怀漂泊的情思而无时或已，于是流离于沧海之滨。去岁金秋，曾一度于江畔的破屋，将蜘蛛的古巢扫净。未久岁暮，阳春迭至。每逢仰望天际之云霞，仿佛是鬼神作祟，心意慌乱，屡思渡过白河关隘[1]，并似受到“道祖神”[2]的感召，终于未及仔细查装，即补缀紧腿裤，换却斗笠系带，灸过足三里之后，松岛[3]之月即萦怀不已。于是便将住处让与他人，迁入杉风[4]的别墅，临走并将联句之前八句[5]悬于屋

1　白河关隘，奥州的入口关隘，据说在福岛县白河市旗宿一带。

2　道祖神，祛除恶魔、保护旅人平安之神。

3　松岛，奥州唯一的名胜，位于官岛县松岛湾内，由二百六十余小岛组成，日本三景之一。

4　芭蕉年岁最长的门人，鱼行老板，芭蕉在经济上的支持者。

5　联句，即俳谐联句，简称俳谐或联句。联句，多以三十六句为一篇，称为歌仙。联法多以长句（5、7、5）为发句，短句（7、7）为对句（第三句以下以长短句交替相联）。发句，大都由联句的组织者（指导者）先作。这部分即是芭蕉先作的发句及其后七句，由于一般都抄录在记录纸的第一面，故称“表八句”，即前八句。此外，也有时单独创作发句。明治维新以后，由正冈子规将两类发句定名为俳句，得到认同。

柱。其发句为：

草庵将换代，鳏夫离去偶人来。[1]

起 程

阴历三月已达下旬的二十七日，破晓之东方天空，一片朦胧，淡月轻辉，不二山[2]峰隐约在望，上野、谷中[3]之樱梢玉蕊不知何时才得以重睹，不禁黯然。平日之亲友已于前夜相聚，且登舟欢送。行抵千住[4]登陆。从此前程三千里[5]，思之心中悒郁，竟于梦幻的歧路尽洒离别之泪。

叹春归，鸟啼鱼泣同流泪[6]。

---

1 这首发句的大意是，我这个独身汉迁出以后，草庐的新主人将是携带家眷的。每逢3月3日偶人节，将为孩子装饰偶人吧。

2 不二山，即富士山。

3 上野、谷中，均为江户靠东北侧的地名，自古即为樱花名胜之地。

4 千住，现为东京都足立区千住町，为前往奥州等地的第一个驿站。

5 前程三千里，原为汉诗文中常用语，此处概指前程遥远之意。

6 叹春归，即连鸟鱼等都要悲叹春将归去，表达惜春之意。

权以此句[1]为羁旅手记的开端，前进之步履依然迟缓。众人伫立路上，似欲相送至不见背影为止。

佛五左卫门[2]
（日光山麓）

三十日[3]，宿于日光山麓。旅店主人谓余曰："吾名为佛五左卫门。人皆谓，万事应以正直为宗旨。请宽心休息一宵。"窃思，究竟是何等神佛，显圣于此污浊尘世，竟然相助吾辈浑似僧侣化缘巡礼之徒者。仔细审视主人所为，只是一个不明事理、行为莽撞、正直而偏执之人，属于"刚、毅、木、讷，近仁"[4]之类，生性清纯质朴，尤可尊敬之辈也。

日光参谒[5]

卯月朔日[6]参谒日光山。往昔此山书为二荒山，后于空海大师

---

1 此句，日本称俳句一首为一句。

2 佛五左卫门，即如佛的五左卫门，是世人对他的爱称。

3 日本学者注：阴历元禄二年（1689）三月小，只有二十九天，据曾良日记，应为四月一日。

4 参见《论语・子路篇》。

5 日光，即指日光山，因同音也叫二荒山。

6 卯月朔日，阴历四月一日。

开基[1]时更名为日光。或云能洞察千载之后事。尔来，慈光耀一天，恩泽溢八荒。遂使四民安堵，营生稳定。且因多所忌惮，就此搁笔。

大哉神圣境，青青嫩叶日光映。

此时，黑发山正一片霞笼，积雪犹自银光闪烁。

来时将头剃，黑发山旁更夏衣。
——曾良

曾良姓河合氏，名曰惣五郎。同住芭蕉叶下，乃为近邻，一向助余操劳炊事。此次，欲同赏松岛、象潟，引以为乐，且为解余羁旅之难，遂于临行之日剃去长发，换着黑衣，改变装束，且将惣五改为宗悟。因而有前记黑发山之句，“更衣”二字，入耳有力。

攀山二十余町，有一瀑布，岩洞顶巅飞流直下百尺，落于千岩竞峙之碧潭。伏身潜入岩洞，自瀑布内侧向外观望，传闻谓之为内观之瀑。

1 空海大师，又称弘法大师（774—835）。开基，这里指初建寺庙。日本研究者认为，此寺开基者并非空海，他只是将开基的事情加以记录而已。

暂且笼身瀑布中，夏日方初融。

那须野[1]

由于有知人居于那须之黑羽[2]，便欲越过那须野，然后取直路前行。遥遥望见一座村庄，方思直奔前去，孰料中途下起雨来，且已日暮，只好于农家借宿一宵。翌晨继续于原野中赶路，只见远处有一匹马于野地走动，近处有一汉子正忙于割草，便走上前去央求其借马一用。那汉子虽为山野村夫，却通情达理。“这便如何是好，此马本来不宜出借，只是这那须野四面八方岔路颇多，旅客初至此地，极易迷路，令人担心。为此，只好将马借与客人，请骑至不再前进之处，即将其放回。”那汉子终于将马借与吾等。只见有幼童二人追随马后，一同走来。其一为女童，名曰重姬，实属罕闻，但颇招人怜爱。

重姬小娃娃，应名重瓣瞿麦花。

——曾良

1　那须野，指今栃木县那须郡一带。

2　黑羽，今那须郡黑羽町。

不久，抵达村庄，即将租马酬金拴于鞍袋，放马归去[1]。

须贺川[2]

攀山越岭，一路行来，不觉又渡过阿武隈川[3]。左望会津根高耸，右临岩城、相马与三春诸庄[4]，将常陆、下野诸国与此国隔开，山峦连亘不断。行经影沼[5]一带，只见天空云布，景物影翳全消。

抵达须贺川驿站，访问俳名等穷者，逗留四五日。主人首先问及“越过白河关有何佳作？”答以“长途跋涉，颇多辛苦，身心俱疲，加之佳景夺魂，为怀旧而断肠，故情思难涌，以致越此名关而未得佳作，权以此句献丑：风流初领略，奥州插秧歌盈野”。[6]

遂由等穷等人接第二句，又有第三句，终于联句三卷[7]。

此处旅宿之郊外，有一栗树，于其宽阔树阴下有一遁世僧侣

1 放马归去，马能识途，自能回到主人家去。

2 须贺川，位于今福岛县岩濑郡镜石村一带。

3 阿武隈川，前往须贺川经过的河流。

4 以上三处，均为山名和庄园名。

5 影沼，邻近须贺川一带地名。

6 风流，意近风雅，此处为赞扬插秧歌。

7 联句三卷，联句一卷多为三十六句，称歌仙。

居住。“深山拾橡实”之歌[1]所咏闲寂情趣恐与此相似，遂取纸笔记上如下词句：

栗之文字书为西木，应与西方净土有缘。行基菩萨[2]曾以此木为杖为柱也。

此花不为世人见，栗树近庵轩[3]。

象潟[4]

江山水陆之风光，浏览无数，今又为象潟倾心而赴。打从酒田[5]港直指东北，攀山傍海，望矶履沙，跋涉约十里[6]，行行日影西倾，潮风扬沙，细雨濛濛，将鸟海山[7]隐于烟霭之中。于是，暗中

1 《深山拾橡实》是著名歌人西行的短歌。西行法师亦以云游终老一生，此歌大意是：“深山岩滴水，取之润涸喉；聊聊落橡实，拾之慰双眸。”

2 行基菩萨，奈良时代（710—794）高僧，菩萨是朝廷所赐尊称。

3 庵轩，此处指草庵的屋檐。

4 象潟，今秋田县由利郡象潟町。当时是一面东西一公里余、南北三公里的海湾，小岛群立，和松岛并称为名胜。1804 年发生地震，地面隆起，如今只在田地中尚能看到点点石山。

5 酒田，今山形县西北方地名。

6 十里，约合三十公里。

7 鸟海山，位于酒田和象潟偏南处。

摸索，体味雨亦奇之情趣，窃思晴光亦将绚丽多彩[1]，遂蜷伏于渔夫之狭小茅屋之中，以待霁色盈天。

翌晨晴光溢宇，朝阳绚烂，泛舟于象潟海湾。首先驻舟能因岛，凭吊三年幽居之遗迹[2]。然后，又于对岸停泊，瞻仰曾有“花上游”秀吟之古老樱树，是为纪念西行法师之遗迹[3]。海边尚遗有皇陵一处，据云为神功皇后之墓[4]，名曰干满珠寺。然而，迄今尚未闻说曾有行幸至此之事，不知何故有此传闻。却说落座于此寺方丈之内，卷帘眺望，四方风景尽收于双眸之中，南有鸟海山擎天而立，影落湾底，西断有耶无耶关阻挡去路，东筑长堤，通往秋田，道路迢迢伸延其上，北控瀚海，乃容纳浪涛注入之河口，称为汐越[5]。综观象潟海湾纵横一里[6]许，风姿近似松岛而又有异趣。松岛似笑容可掬，而象潟貌如有恨，寂寥含悲，烦恼填膺。

1 此句自雨亦奇起，套用苏轼《饮湖上初晴后雨》诗句：“水光潋滟晴方好，山色空濛雨亦奇。”

2 能因岛，据传能因法师是平安时代（794—1192）中期歌人，俗名橘永恺，出家后云游各地，曾二度访问奥州，并于此岛幽居三载。

3 西行法师咏此樱树之短歌，载于他的《山家集》，大意是：“水底斑斓影，缤纷落樱稠；象潟渔夫竞，小舟花上游。”

4 神功皇后，十四代仲哀天皇皇后。象潟虽有祭祀她的宫殿遗迹，但无其墓。

5 汐越，秋田县象潟町地名。

6 一里，约为六十公里。

象潟雨潺潺，合欢花似西施颜。[1]

汐越翻波浪，翔鹤湿胫海溢凉。

象潟此处，祭神当用何食物？

——曾良

海岸渔夫话家常，且铺窗板坐纳凉。

——美浓国商人低耳[2]

如浪不逾岩，雌雄相契永缠绵。[3]

——曾良

1 这首发句会使人联想到苏轼《饮湖上初晴后雨·其二》诗句："欲把西湖比西子，浓妆淡抹总相宜"。

2 低耳，本名宫部弥三郎，岐阜的商人。

3 这首发句会使人联想到《诗经》卷首《关雎》诗句："关关雎鸠，在河之洲，窈窕淑女，君子好逑。"

马的素描

人类曾做到的最高贵的征服，就是征服豪迈而剽悍的动物——马。

[法国] 布封
范希衡 译

作者简介

布封（1707—1788），法国博物学家、文学家，著有三十六册之巨的《自然史》，以唯物主义观点解释自然，语言优美，富有艺术魅力。在《自然史》里，关于动物的篇章最富有文学特色，通常被称作“动物素描”。《马》就是其中的一篇佳作，文章字里行间充溢着作者对马的赞美之情。

译文原载于《译文》(《世界文学》前身）1957 年第 9 期。

人类曾做到的最高贵的征服，就是征服豪迈而剽悍的动物——马。它和人分担着疆场的劳苦，同享着战斗的光荣；它和它的主人一样，具有无畏的精神，它眼看着危急当前而慷慨以赴；它听惯了兵器搏击的声音，喜爱它，追求它，以同样的兴奋鼓舞起来；它也和主人共欢乐：在射猎时，在演武时，在赛跑时，它也精神抖擞、耀武扬威。但是它的驯良不亚于勇毅，它一点不逞自己的烈性，它知道克制它的动作。它不但在驾驭人的手下屈从着他的操纵，仿佛窥伺着驾驭人的颜色，它总是按照主人的表情方面得来的印象而奔腾，而缓步，而止步，它的一切动作都只为了满足主人的愿望。这天生就是一种舍己从人的动物，它甚至于会迎合别人的心意。它用动作的敏捷和准确来表达和执行别人的意旨，人家希望它感觉到多少，它就能感觉到多少。它所表现出来的总是在恰如人愿的程度上。因为它无保留地贡献着自己，所以它不拒绝任何使命，所以它尽一切力量来为人服务，它还要超出自己的力量，甚至于舍弃生命以求服从得更好。

以上所述，是一匹所有才能都已获得发展的马，是天然品质被人工改进过的马，是从小就被人养育、后来又经过训练、专为供人驱使而培养出来的马；它的教育以丧失自由而开始，以接受束缚而告终。这种动物的奴役或驯养已太普遍、太悠久了，以至于我们看到它们时，很少是处在自然状态中。它们在劳动中经常是披着鞍辔的；人家从来不解除它们的羁绊，纵然是在休息的时候；如果人家偶尔让它们在牧场上自由地行走，它们也总是带着奴役的标志，并且还时常带着劳动与痛苦所给予的残酷痕迹：嘴巴被衔铁勒成的皱纹变了形，腹侧留下一道道的疮痍或被马刺刮出一条条的伤疤，蹄子也都被铁钉洞穿了。它们浑身的姿态都显得不自然，这是惯受羁绊而留下的迹象。现在即使把它们的羁绊解脱掉也是枉然，它们再也不会因此而显得自由活泼些了。就是那些奴役状况最和婉的马，那些只为着摆阔绰、壮观瞻而喂养着、供奉着的马，那些不是为着装饰它们本身，却是为着满足主人的虚荣而戴七黄金链条的马，它们额上覆着妍丽的一撮毛，项鬣编成了细辫，满身盖着丝绸和金碧，这一切之侮辱马性，较之它们脚下的蹄铁还有过之无不及。

天然要比人工更美丽些；在一个动物身上，动作的自由就构成美丽的天然。你们试看看那些繁殖在南美各地自由自在地生活着的马匹吧：它们行走着，它们奔驰着，它们腾跃着，既不受拘束，又没有节制；它们因不受羁勒而感觉自豪，它们避免和人打照面；它们不屑于受人照顾，它们能够自己寻找适当的食料；它们在无垠的草原上自由地游荡、蹦跳，采食着四季皆春的气候不断提供的新鲜产品；它们既无一定的住所，除了晴明的天空外别无任何庇荫，因此它们呼吸着清新的空气，这种空气，比我们压缩它们应占的空间而禁闭它们的那些圆顶宫殿里的空气，要纯洁得多，所以那些野马远比大多数家马来得强壮、轻捷和遒劲；它们有大自然赋予的美质，就是说，有充沛的精力和高贵的精神，而所有的家马则都只有人工所能赋予的东西，即技巧与妍媚而已。

这种动物的天性绝不凶猛，它们只是豪迈而狂野。虽然力气在大多数动物之上，它们却从来不攻击其他动物；如果它们受到其他动物的攻击，它们并不屑于和对方搏斗，仅只把它们赶开或者把它们踏死。它们也是成群结队而行的，它们之所以聚集在一起，纯粹是为着群居之乐；因为，它们一无所畏，原不需要团结御侮，但是它们互相眷恋，依依不舍。由于草木足够做它们的食粮，由于它们有充分的东西来满足它们的食欲，又由于它们对动物的肉毫无兴趣，所以它们绝不跟其他动物作战，也绝不互相作战，也不互相争夺生存资料。它们从来不发生追捕一只小兽或向同类劫夺一点儿东西的事件，而这类事件正是其他食肉类动物通常互争互斗的根源。所以马总是和平生活着的，其原因就是它们的欲望既平凡又简单，而且有足够的生活资源使它们无须互相妒忌。

这一切，我们只要看看人家放在一块儿饲养并且成群放牧着的那些小马，就可以观察得很清楚：它们有温和的习性和合群的品质；它们的力量和锐气通常只是在竞赛的表现中显露出来；它们跑起来都要努力占先，它们争着过一条河，跳一道沟，练习着冒险，甚至于眼看危险当前而更加起劲。而凡是在这些自发的练习当中奋勇当先、肯做榜样的马，都是最勇敢、最优良的，并且，一经驯服，常常又是最驯顺、最温和的……

在所有的动物中间，马是身材高大而身体各部分又都配合得最匀称、最优美的。因为，我们如果拿它和比它高一级或低一级的动物相比，就会发现驴子长得太丑，狮子头太大，牛腿太细太短，和它那粗大的身躯不相称，骆驼是畸形的，而最大的动物，如犀，如象，都可以说只是些未成形的肉团。颚骨过分伸长本是兽类头颅不同于人类头颅的主要一点，也是所有动物的最卑贱的标志；然而，马的颚骨虽然很长，它却没有如驴的那副蠢相，如牛的那副呆相。相反，它的头部比例整齐，给它一种轻捷的神情，而这种神情又恰好与颈部的美相得益彰。马一抬头，就仿佛想要超出它那四足兽的地位；在这样的高贵姿态中，它和人面对面地相觑着；它的眼睛闪闪有光，并且目光十分坦率；它的耳朵也长得好，并且不大不小，不像牛耳太短，驴耳太长；它的鬣毛正好衬着它的头，装饰着它的项部，给予它一种强劲而豪迈的模样；它那下垂而丰盛的尾巴覆盖着并且美观地结束着它的身躯的末端，与马尾和鹿、象等的短尾，驴、骆驼、犀牛等的秃尾都大不相同，它是密而长的鬃构成的，仿佛这些鬃毛就直接从屁股上生长出来，因为长出鬃毛的那个小肉桩子很短。它不能像狮子一样翘起尾巴，但是它的尾巴虽然是垂着的，却于它很适合；由于它能使尾巴两边摆动，它就有效地利用尾巴来驱赶苍蝇，这些苍蝇很使它苦恼，因为它的皮肤虽然很坚实，并且满生着厚密的短毛却还是十分敏感的。

虫声

时代改了、思想变了、风俗不同了的今天，那些生于斯、老于斯的人们啊，从此以后直至老死，如果寻求能够满足往昔情趣的事物，究竟还能觅得什么呢？

〔日本〕永井荷风
吴鸿春 译

作者简介

永井荷风（1879—1959），出生于东京。日本小说家、散文家，有《新版荷风全集》三十卷，岩波书店刊行。1952年以其小说创作、江户时代文学研究、外国文学译介三方面贡献获日本政府颁发的文化勋章，翌年当选为日本艺术院会员。本文以秋天蟋蟀的鸣叫声为象征物，表达了作者对许多事物随时代变迁而消逝所产生的无奈和感伤。文中对季节推移、物候变化细致入微的描写令人叹服。

译文原载于《世界文学》2013年第5期。

出生在东京城里，又在这里度过了几十年的漫长岁月……

在至今为止的日常生活里，那些从未觉得有何稀罕、有何怀念的物之音与物之色，随着岁月的流逝，不觉之间就一件一件消失了，而总有一天你会清楚地意识到，再也见不到它，再也听不到它，那时，你心里就会涌起绵长不尽的情思——就像分手之后回想起当初的爱恋一般。

夜色渐深的夏夜踏在板桥上的木屐声，阵雨从门檐上轻轻地滴在油纸伞上的雨声，黄昏月色中一掠而过的大雁鸣声，不意在夜梦中听到的杜鹃啼声，下着雨的傍晚渡口呼叫渡船的人声，夜里撒下渔网的水声，货物船的橹声……这些声音，以及伴随着这些声音的情景从我们的记忆里一点痕迹不留地消失之后，已经过去了几十年的岁月。

随着季节的变换，就有卖当季物品的小商贩来，他们那带有东京这一都市特有生活情趣的叫卖声，如今也只存在于已经衰老了的人们的谈资里。

时代改了、思想变了、风俗不同了的今天，那些生于斯、老于斯的人们啊，从此以后直至老死，如果寻求能够满足往昔情趣的事物，究竟还能觅得什么呢？

即使在郊外树木较多的院子里，黄鹂的鸣叫也难得一听，不是连麻雀在屋檐下叽喳喧噪的日子也越来越少了吗？我为何要写这样的事，因为我忽然想起已经有两三年没有听到寺庙的钟声，我也一年比一年更心焦地等待着院子里蝉和蟋蟀的吟唱——为什么会等得心焦呢，我想在这里说一说原因。一算昭和的年份，很快，现在竟已是十八年了，在东京要听令人怀想的往昔的声音，能传到我们耳朵里来的恐怕只有“知了、知了”的蝉鸣和蟋蟀的叫声了，甚至连蝉和蟋蟀也将与雁和杜鹃一样，不久将成为离我们并不远的上一时代的遗物也未可知。

有一年，在浅草公园的某个剧场排练到凌晨，回家的路上，我走过仍像夜里一般沉睡着的仲店街，周围蟋蟀的鸣叫几乎湮没了踏在铺路石上的足音，我听了不由得大喜，如同捡到遗落在路上的宝石。算了一下，那也是七八年前的事了。

每年秋天降临东京总在八月七八号前后，不知今年的秋天是否也即将到来，照例我从今天或明天开始，每天夜里都会等待蟋蟀最初的鸣叫。然而积我多年之经验，蟋蟀的叫声入于人耳，是在初次听到夕阳梢头的蝉鸣之后，晚的年份蝉鸣后还要等上十天半个月。

最初的蝉鸣并不那么胆怯，但也不会急促地叫个不停。那边的树梢上有了一声短鸣，停顿了一会儿，这边树梢上的蝉儿也会半试探半问候地缓缓而鸣。

时令虽说已到秋天，但是夕阳的炽热仍然如同刚逝去的夏季，也并没有感到白昼的减短。凌霄花的红色越来越烂漫，夹竹桃的蓓蕾不断开放又不断凋谢，而百日红依然盛开如故。晚风突然停歇的夜晚，甚至比盛暑更为炙热，举头仰望夜深的天空，虽已见银河之影稍显清晰，却被闷热所苦每每难以成眠。然而，日子一天天过去，有一天，阵雨并没有收晴，入夜以后仍在下着。到那天为止健壮地站立着的向日葵下面的叶子开始显出了枯黄，沉重的花盘低下了头，再也不想抬起来。丝瓜、南瓜无拘无束舒展开的瓜蔓儿前端的花儿，一个比一个小，数量也明显减少了。与此同时，一场雨过后，放晴了的天空的蓝色也与前一天完全不同，显出一片更深更浓的湛蓝，有时能看见一大片几乎遮蔽了大半个天空的云团，即使没有风，也会重叠着移动。伴随着这些，可以见到玉米繁茂叶子的前端和包裹着成熟果实的胡须不停地晃动，一只硕大的蜻蜓像是要停在上面，却又不停，只是在那里飞来飞去。盛夏时节一时不见了踪影的蝴蝶又在振翅而飞了。螳螂有了拇指大小，听见人的脚步声，非但不逃，还会采取举起有刃螳臂的姿势，也是在这个时节。

夏天我有每晚出外散步乘凉的习惯，到了这个时节也仍然吃了晚饭就外出，或是到熟人家走访，或是会会许久未见的老友，意外地耽搁到深夜的日子也有，那就会有天在回家的路上，感到夜风已带有凉意，戴着帽子额上也没有汗，自然步履就轻松，知道今年的秋天已经渐行渐近，便不由得想聆听那还没有鸣唱的秋风了。

回到家里，点亮书桌上的灯火，就会觉得火影也与昨日不同，一下就清亮起来。惊讶于自己与夏日夜晚完全不同的感官的沉静，没来由地就会久久注视着火影和它周围的物影。我每年初次听到叫出来的蟋蟀的声音，大抵是在这样意外的瞬间。

不过，初次听到的蟋蟀叫声，也和蝉鸣同样，一叫之后便停顿下来，有时直到翌日晚上也听不到它的叫声，要在虫声的等待里度过空虚的三四天。黄昏变得令人惊异的短促，蝉的喧嚣日甚一日，直至周遭全部暗下来，还在此起彼伏地鸣个不停。

月亮升起了，在西天夕阳余晖尚未散尽的天空，早早地放出了不逊于深夜的皎洁光芒。从哪儿飘来木樨的香味，像柔软而凉爽的丝绸拂着人的肌肤。这种沉静的说不清道不明的心灵与身体的感官，知道连那些眼睛看不见耳朵听不到的东西，都已经带上了明显的秋色。何时初试歌喉而又沉默了的蟋蟀，总是在这样的夜晚再度开始吟唱，虽然不宣称自己的季节终于到来，但一夜更甚一夜地强其声高其调，鸣唱不休。

台风季节到了，雨也多了。每下一场雨，虫声就更多，像瓦格纳的音乐交错繁复，唱个不歇。

不久，时节就到了秋分，有些年八月十五的满月正与秋分之日相同。昼夜平分之时，正是蟋蟀的合唱最为雄壮有力的巅峰期。

在地势较高的山手一带，人们频繁往来的大道两侧，无须等到夜色降临，而下町巷子里垃圾箱后面则从夜晚开始播放美妙的秋之乐曲。不只是大道旁和垃圾箱，不要多少日子，蟋蟀的叫声从院子里、洗澡间、厨房等等各处都能听到。在早晨和夜晚的轻寒里，蟋蟀如同习惯了冶游的放荡儿，当身子感到了秋雨的寒凉就会恋起家里的温暖。

这是个无缘无故心底就会百感丛生的时节。与冬天不同的秋天特有的阴沉天空，既不下雨也不刮风，如同漫长无尽的黄昏一般沉寂的下午，没有比这样秋天的下午更适合于追忆和冥想的了。平日早已忘了的波德莱尔、魏尔伦等人的诗，此时刺痛般清晰地浮现出来。从渐渐枯萎的草丛里传来白昼的虫鸣，正可谓“秋天的魏尔伦的抽泣声”。

就枕以后仍然无法入睡的夜晚，更是感到对蟋蟀的叫声要像恋人的喃喃细语一般眷念和爱惜。向着未能安眠的人，无论怎样鸣叫，也不能消除它们太多的宿命的悲痛和哀愁。蟋蟀并不自觉地叹息着它们生来就是为了鸣叫的可悲命运，用它们无法为人所理解的语言，诉说着生命的苦恼和悲哀。

十三的月亮[1]渐渐残缺，连续着暗黑的夜。人们穿上了夹衣.雨夜已有人燃起火盆。冬天来了。

到那时还生存着的蟋蟀，终于唱起那一年最后的歌曲，西方刮来的风凋落了树叶，比菊花早一步，石蕗开了花，茶花放出了清香……

1　十三指的是农历九月十三。日本古来有九月十三赏月的风俗。

冷冰冰的微笑（选）

我的猫不吃老鼠，它不喜欢吃。它抓只老鼠不过是为了拿来玩。

它玩够了，就饶恕老鼠性命，去别处遐思，身子坐在蜷曲的尾巴上，天真无邪。

[法国]
儒勒·列那尔
苏应元 译

作者简介

儒勒·列那尔（1864—1910）是法国作家。他的作品不多，但都凝练、犀利、质朴而富有幽默感。其小品集《自然纪事》汇集了描写动物的精练短文。这里选的《冷冰冰的微笑》颇能体现作者观察自然细致入微、落笔洗练、趣味盎然的特色。

译文原载于《世界文学》1981年第4期。

萤火虫

夜幕降临到困倦的树林。鸟儿回来了，在树叶间相互追寻。叶子声不比它们的翅膀声更响。他们很希望能看见点什么。但是，星星太远了，而月亮也未落到足够近的位置。此外，山楂果和蔷薇子的殷红色泽也并不够。

忽然，为了给鸟儿的谈情说爱照明，谙于调配光度的青苔媒婆燃亮了所有的小虫子。

草

草儿沾满露珠，晶光闪闪，柔软、碧绿，简直像透明的一样。一条小溪从其嫩茎间流过。一个庄重的人散着步，口渴了。他已经圆拢起两手。但是，他担心俯下喝水会贬低自己。

后来，这个庄重的人又饿了。但是，他那虚伪的、愚蠢的廉耻心阻止他跪下去就餐，吃鲜嫩的草儿。

牛

老牛缓慢地、安静地过来喝水。它们把脊背挺直，喝着水。水在极轻微地颤动。最后，它们凉快了，似醉非醉，又同时抬起头，像来时那样，乖乖地离去。

但是，有一头牛留着。

十分温柔的牧人并无恶意地戳着悬在它臀部的干粪片，但没有用处：一头牛留着，蹄子插在土中，凝视着双角倒影，忘掉了自身。

潜 伏

猎人坐在树干旁，枪管倚在树枝上。他倾听着树林入睡。树木也有着人的形貌。夜晚的全部宁静注入他的心灵。月亮与他相视微笑。一忽儿，他把枪放到身边。有兔子跳跃。但是，善良的猎手用手指头做着模仿动作，脑袋微微摆动着像在标出节拍，他不怀敌意地注视着野兔跳小步舞。

垂钓人

溪流奔跑着注入水池，那里，是河川歇息的地方。一条小溪带来灯心草娇滴滴的耳语。另一条呢，薄薄的溪水清澈发亮，经过磨房齿轮的过滤，洁净得没有一点泥污。它越过了那么多石子，因而气喘吁吁，仿佛在轻声咳嗽。它带来的是乡村鸭子朴素的歌声。而在水池中间，一群苍蝇在一点点飞散。鱼儿在水面转着圈儿，鳞光闪闪。他们吃得饱饱的，远离池岸，相互探询着：垂钓人这样专心致志干什么呢？

猪和珍珠

猪一放到草地，张嘴就吃，丑陋的嘴脸再也不离开地面。

它并不选择鲜嫩的草。它碰上什么咬什么。它盲目地向前伸着那永不疲倦的鼻子，既像是一把犁刀，又像一只瞎眼鼹鼠。

它只关心使那个已经像只腌桶的肚子滚圆，它永远也不注意天气。

刚才，它的鬃毛差点儿在中午的太阳光下烧起来，但那有什么关系？而现在，低沉的云团充满雹子，正伸展着，向着草地倾泻，但这又有什么要紧？

不错，喜鹊在不由自主地展翅逃窜，火鸡都藏进篱笆，而幼稚的马驹子在一棵橡树下躲避。

但猪还是留在他吃东西的地方。

它一口也不放过。

它的尾巴摇晃着，照样显得非常惬意。

它浑身挨着飞雹，但只是偶尔咕噜一声：

“老是这些肮脏的珍珠！”

猫

我的猫不吃老鼠，它不喜欢吃。它抓只老鼠不过是为了拿来玩。

它玩够了，就饶恕老鼠性命，去别处遐思，身子坐在蜷曲的尾巴上，天真无邪。

然而，由于猫的利爪，老鼠已经死了。

蟋　蟀

是时候啦！黑昆虫游荡够了，停止散步，回去细心修补他乱

七八糟的领地

首先，它耙平狭小的沙子通道。

它锯下细屑，撒到住地入口处。

它锉倒那株专给他添麻烦的大草根。

它休息了。

然后，它给它的微型手表上发条。

它完事了吗？表打碎了吗？它又歇了一会儿。

它回到屋里，关上门。

它用钥匙在精致的锁里长时间转圈。

它又在倾听：

外面没有一点不安的声音。

但它还是不放心。

它好像抓着一根小链条一直下到大地深处，装链条的滑轮刺耳地响着。什么也听不见了。

寂静的田野上，白杨树像手指般伸向天空，指着月亮。

编后记

作为一种文学样式，散文有着比诗歌、小说、戏剧等更为纷杂的定义和称谓。侧重于说理性的散文，在中国现代文学史上统称为“杂文”；叙事和抒情因素并重的散文，就是“小品”或“散文小品”或狭义的散文……实际上，绝大多数散文作品都包含叙事、抒情和说理的因素，只不过侧重不同而已，我们不妨将之统称为“散文”。

《世界文学》自创刊以来，就是本着这样的大散文观，来经营自己的散文栏目的。迄今，在近四百期的《世界文学》上所发表的散文已逾千篇，文字数百万。议论、评说、对话、随想、游记、书信、演说、日记……不一而足。

从体量论，散文比起小说、戏剧等鸿篇巨制，不过是一株小花。然而，“虽小道，亦有可观者焉”。一个民族的文化气质常常在它身上体现。自称为“笛卡儿主义者”的法国人，无论是语言还是文章风格，都把“明晰”作为准则：读一读列那尔的《冷冰冰的微笑》或布封的《马的素描》，我们将对这一特点有所会心。西方随笔虽可以说是由法国的蒙田开创，这一形式却是在英国不断壮大。几个世纪以来，英国散文风格流变，佳作频出，很难概括出它的个性。但读罢《青年到此为止》《现代书信》《我与绘画的缘分》，我们是否会感觉到不管是毛姆，还是伍尔夫或丘吉尔，他们的行文中都透露出一种亲切坦诚的态度，一点幽默和机智的口吻。从《踩麦子·春》《奥州小径》《虫声》这些标题，我们就可知道对自然的吟咏是东瀛岛国散文的一个永恒主题。在歌咏自然美景的同时，日本人往往对现世人生抱着关怀、叹惋的情感态度：从夏目漱石的《杂忆录》中，我们可以体会到这种“物哀”的精神传统……

若说“文如其人”，比起小说、戏剧等体裁，散文似乎更能担当。散文的作者有自己独特的感受要传达给读者，文章的信息里包含了作者的个性、人格、气质。小说家、剧作家可以“隐匿”自己，散文作者却不能。在读小说、观戏剧时，我们有可能被情节迷住而忘掉作者。在读散文时，我们时时意识到作者的存在，听到他的心声，感受着他思想的闪光。因此，散文最是要求作家的真诚——没有真诚，就没有真情的流露，也就没有散文。像黑塞的《感激歌德》、阿兰的《读书之乐》、奥威尔的《射象》，都带有明显的个人情感色彩。就是在那些不直接写一己经验的篇章里，字里行间也都透着作者的个性特点，如苔菲在《懒惰》中表现出的幽默，或是瑟伯在《求爱万象》中的揶揄……

我们本着名家名译的原则，从《世界文学》各个时期的散文佳作中遴选出二十九篇奉献给读者，遗珠之恨在所难免。如若这些篇什能够对诸君的生活起到一点“滋润”的作用，将是对编者最大的勉励。

赵丹霞